绝对零度

6 司南

樊落

著

中国纺织出版社有限公司

内 容 提 要

关琥跟张燕铎在逃亡途中，无意中看到一则新闻：A市某人工湖发生溺水事件，溺水者生前是盗墓的，了解各种机关暗哨，他死亡时，身边还有一个像是司南的物品。张燕铎觉得自己以前好像在犯罪组织基地见过这个司南。为了找出真相，两人乔装打扮进行调查，发现溺水者属于某个盗窃团伙，而他们住的小旅馆正是盗窃团伙的老巢。根据盗窃团伙提供的资料，关琥跟张燕铎最终找到了隐藏的基地，并瓦解了犯罪组织。但是在基地爆炸时，张燕铎为了掩护关琥，被激流冲走，生死不明……

图书在版编目（CIP）数据

绝对零度 . 6，司南 / 樊落著 . -- 北京：中国纺织出版社有限公司，2021.1

ISBN 978-7-5180-8034-2

Ⅰ . ①绝… Ⅱ . ①樊… Ⅲ . ①推理小说 - 中国 - 当代 Ⅳ . ① I247.5

中国版本图书馆 CIP 数据核字（2020）第 200813 号

策划编辑：李满意　胡　明　　　　责任编辑：张　强
责任校对：王蕙莹　　　　　　　　责任印制：王艳丽

中国纺织出版社有限公司出版发行
地址：北京市朝阳区百子湾东里 A407 号楼　邮政编码：100124
销售电话：010－67004422　传真：010－87155801
http://www.c-textilep.com
中国纺织出版社天猫旗舰店
官方微博 http://weibo.com/2119887771
天津千鹤文化传播有限公司印刷　各地新华书店经销
2021 年 1 月第 1 版第 1 次印刷
开本：880×1230　1/32　印张：7.375
字数：167 千字　定价：39.80 元

目 录

CONTENTS

第一章 / 002

第二章 / 024

第三章 / 046

第四章 / 072

第五章 / 094

第六章 / 112

第七章 / 136

第八章 / 160

第九章 / 187

第十章 / 212

司南，古语指南针的称谓，《论衡》中有"司南之杓，投之于地，其柢指南"之说，司南分两大部分——上部的磁杓以及下方的底盘。磁杓由磁铁所制，杓头指北斗，杓底向南，底盘多为青铜，上刻八卦磁体方位，内圈天干，中圈地支，外圈星宿，取意天圆地方，化生万象。

第一章

"据最新报道，涉嫌绑架、贩毒以及多起勒索杀人案的恐怖组织成员关琥仍然在逃，为确保广大市民的人身安全，警方呼吁民众积极配合协助，如果有关于嫌疑人的任何线索，请及时拨打报警专线……"

随着新闻的播放，电视画面里出现了关琥的证件照特写，主播还很尽责地指着他的五官，详细分析他的容貌特征，以方便民众辨认。

在电视机对面吃杯面的男人捧场地抬了抬头，很快就皱起眉头，低下头继续稀里哗啦地吃面，含糊不清地说："虽然我自己都不知道自己做了那么多坏事，但难得我这辈子上一次电视，却用我最丑的照片，这些人也太没有职业道德了。"

"关先生，你可以把面咽下去再说话吗？"站在酒店客房窗前的男人说道。

男人身材挺拔修长，白衬衫束在腰带里，下面配着熨烫笔挺的西裤，合身的衣着让他显得有些纤细，却不孱弱。

他头发梳理整齐，鼻梁上架着镀金细边眼镜，跟对面那位穿着睡衣，头发没梳胡子拉碴的人站在一起，简直不像是同一个次元的。

"我说……"关琥把面吞下去，抬头对他说："我跟你都是逃犯吧，为什么警方的缉捕名单里只有我一个？你呢？你去哪里了？这太不公平了吧？"

"关王虎，难道你希望你哥哥变得跟你一样落魄吗？"

"事实上你的确是跟我一样在逃亡途中。"

"这是我的失误，"张燕铎揉揉额头，很无奈地说："如果事前知道跟你在一起会拉低我做人的格调，我会选择另一套更好的方案的。"

"呵，让您受委屈，那还真是对不起了。"

门铃声打断了兄弟俩的对话，关琥条件反射地抄起放在背包下的手枪，张燕铎给他做了个没事的手势，走过去开门。

关琥听到服务生的声音传过来，没多久门重新关上，张燕铎拿着餐盘回到房间，餐盘上放着热气腾腾的牛排套餐，外加一瓶红酒。

"亡命途中你还这么讲究？"

"纠正两点，一，亡命跑路的那个人是你不是我；二，不管环境如何，我都不会委屈自己。"

张燕铎把餐盘放到桌上，坐到关琥对面，先倒了杯红酒，接着拿起刀叉开始就餐。

关琥把他的红酒夺了过去，占为己有。

"那在不委屈自己的时候，也不要委屈了弟弟，我吃杯面你吃高级牛排，这让人情何以堪。"

"是你自己抢着要吃泡面的，还是我去下面给你吃？"

那是因为他不知道有人点豪华套餐啊。

"不用了。"关琥把筷子伸过去，夹起张燕铎刚切好的一块牛排塞进嘴里，叹道："我还以为在逃命路上，住小旅馆吃大排档比较应景。"

"你电影看多了。"

张燕铎只要了一个酒杯，酒杯被关琥抢去了，他只好去拿了个纸杯倒酒。

电视里开始播放其他新闻，张燕铎喝着酒看新闻，关琥趁机又夹了几筷子牛排过去，张燕铎的注意力都放在新闻上，没在意他的小动作，关琥看看他的表情，索性直接将自己吃了一半的杯面跟西餐盘调换了。

牛排都切开了，很方便享用，关琥一边喝红酒，一边吃牛排，这几天因为奔波而绷紧的神经终于放松了，他呷着红酒，有了种简单的幸福感。

"真的很难相信我们是拥有六亿身家的人啊。"他无限感叹地说道。

"还要更多些，"张燕铎目不转睛地看着电视屏幕，说："我在遇见你之前还坑了老家伙不少钱，我以为他死了，所以他的银行存款都被我接收了。"

"啊哈……"

关琥差点把嘴里的红酒喷出来。

难怪涅槃酒吧不盈利，张燕铎完全不在意了，还常常陪他办案，原来他那么有钱，他自嘲地说："所以真的不能怪老家伙对你穷追猛打，你把人家的老巢端了，钱都没收了，他会放过你才怪。"

张燕铎随口嗯了一声，关琥又问："他不是很想让你回去帮他吗？为什么突然又不出现了？"

自从关琥从警局逃出来，被警方通缉后，他就一直跟张燕铎处于躲避和追踪的状况中。

不知是出于什么原因，张燕铎没被列入通缉名单，在警方发布的通缉关琥的公告中也完全没有提到他，关琥猜想这可能是刘萧何那个老家伙跟高官要员通过气了——刘萧何想让张燕铎继续为自己办事，当然不能暴露他的身份。

这就苦了关琥，警方把所有追查重点都放在他身上，各个路段要塞都多加了临检的关卡，还好张燕铎早有准备，帮他化装成刀羊的样子，再加上之前艾米提供的护照，所以虽然这半个月里遇到了不少意外情况，但总算都有惊无险。

只是自从刘萧何等人驾直升机逃离苗寨后，就杳无音信了，张燕铎用六亿欧元当诱饵，通过各种途径将消息散播出去，都不见对方现身。

于是原定的计划被打乱了，他们现在处于完全被追击的状态中。

"也许我们该改变策略，从萧白夜那里入手。"

关琥吃着牛排，把降头案的尸检报告拿出来研究，这半个月来这些文件资料他翻来覆去看过很多遍，纸张的边角都被翻得卷了起来，内容都快背下来了，可是却无法窥探到真正的内部情况。

在警界势力争斗中，萧白夜应该只是负责下面具体操作的，究竟是谁在暗杀李元丰，又是谁压住了降头疑案，萧白夜未必清楚，不过现在他们一筹莫展，所以关琥本着不试白不试的想法，决定直接去找萧白夜。

不是他想螳臂当车，而是不找出幕后黑手，他就没法为自己洗脱罪名——

当初他故意向萧白夜透露情报，只是想确定萧白夜是不是黑的，万万没想到那些人会做得那么绝，直接把罪名都推给了他。

"这个世道啊，当好人要比当坏人更难。"他托着腮发出感叹。

"你抓到重点了。"张燕铎看着电视，随口安慰道："不过这跟你有没有试探萧白夜没关系，你是我的人，老家伙为了逼我，怎么都不会放过你的。"

"所以我也是被你连累的。"

"是的，如果早知道他还没死，我就不会来找你了，说起来也是我的错。"

张燕铎看完正在播放的新闻，把头转回来准备继续吃饭，下一秒他的动作定住了——属于他的西餐不见了，一杯泡过头的杯面放在原本西餐的位置上，再看关琥，他刚好把最后一块牛排送进嘴里。

发觉张燕铎的瞪视，关琥嚼着肉，笑眯眯地说："为了不让你产生愧疚感，我牺牲一下，帮你把肉解决了。"

"关王虎你是要我吃你的剩饭？"

"反正我们都住一个房间了，现在我们是兄弟，吃吃剩饭有什么关系？"

张燕铎摆摆手息事宁人，拿起筷子吃关琥的泡面，关琥趴在他对面，问："要我设想一下计划吗？看要怎么跟踪萧白夜，搜集情报。"

"没用的，你想到的，李元丰的父亲或是其他人也肯定有想到，既然他们都束手无策，更何况是我们？所以我想萧白夜也只是个马前卒而已，没多少价值。"

"那要不就再跟李元丰合作好了，对我们双方都有利。"

张燕铎没说话，似乎在考虑合作的可能性，关琥又说："你还记得刘萧何的基地在哪里吧，他们会不会是去那里了？我们两个人要攻陷基地可能有点困难，所以不妨跟李元丰联手，必要时再加上克鲁格，他的上司被勒索了一亿，相信他们很乐意反击回去的。"

"据我所知，老家伙的基地不止一处，不过禁锢我的离岛因为海底地震塌陷了，老家伙如果回那里，得去太平洋底搜索了……"

张燕铎略带嘲讽地说，但这随口的一句话突然给他带来了某种灵感，急忙转头看电视。

电视新闻还在滚动播放，刚才看的时候他就觉得有点奇怪，但因为跟他们无关，所以他没有多加注意，现在再看去，他明白了是哪里让他感觉奇怪了。

关琥没注意到张燕铎的走神，又说："不知道谢凌云怎么样了，自从降头事件后她就消失了，希望她能找到她父亲。"

有关谢凌云跟凌展鹏相遇的事情，张燕铎曾跟他提过，凌展鹏应该了解刘萧何的行踪，他们还想过通过谢凌云请凌展鹏帮忙，但谁知谢凌云一走就杳无音信，再加上他们的手机都换了，别说顺藤摸瓜，他们现在连谢凌云都找不到。

关琥不知道谢凌云有没有联络过叶菲菲和小魏，但他正在被通缉，朋友圈说不定都埋伏了警察的眼线，为了不给他们造成困扰，他在跑路以后，跟谁都没有联系过。

一个人说了半天，关琥这才发现张燕铎根本没理他，两眼盯着电视屏幕，不知在看什么，他问："你有没有在听我说什么？你觉得合作的建议怎么样？"

他放大嗓门，这次张燕铎有反应了，却不是对他，而是探身拿来手机，在触屏上飞快地点动着。

关琥不知道他在查什么，转头看电视。

电视正在播放事故新闻，现场四周围了蓝色保护布，看不到里面的情况，听连线记者的解说，是有行人因雨夜路滑，摔进了湖中，由于是深夜，那人又不会水性，导致溺死。

这只是个普通的新闻，不过死者的身份不太普通，新闻右上方打出了死者的姓名、性别还有职业，看到那个职业，关琥摸了摸下巴。

"专业盗墓贼？盗墓就是现在流行的那个盗墓吗？"

"据我所知，没有第二个。"张燕铎看着手机，随口应和道。

"那只是野史传说吧？现今还有什么墓地值得盗的吗？而且这行什么时候还分专业跟业余了？"

"有，只要人类的贪婪之心不消失，这一行就永远不会消失。"

关琥的好奇心上来了，又继续往下看，就听连线记者说死者叫刘金，五十二岁，从事盗墓这行多年，算是其中排得出名的老手，曾数度入狱，却始终不改偷摸的毛病，落水溺死之前还刚干过一票。

新闻里列出了他出事时带的工具家什，还有一些看似有些年数的小件器皿，警方正是从他随身携带的物品判断出他的职业，从而确定他的身份。

盗人家的墓穴，打扰过世人的安宁，这种人死于非命也算是恶有恶报了。

见刘金长得獐眉鼠目，关琥忍不住这样想，又看到列举的物品里有个看不出是铜勺还是铁勺的东西，他说："他们这些盗墓贼随身带羹匙，是为了方便在墓里就餐吗？"

张燕铎没听懂他的意思，抬头看向电视，眉头立刻皱了起来。

"关琥你还可以再不学无术一点吗？"

"我哪里说错了吗？"

张燕铎不回他，低头继续玩手机，关琥讨了个没趣，打电话叫服务生过来把碗筷收拾了，回头见张燕铎还在一动不动地看手机，他忍不住凑过去，想知道到底是什么东西让张燕铎看得这么入神。

谁知道当他看到手机画面，不由得呛了一下，张燕铎正在看的内容跟刘金的新闻一样，他只是把视频放大了反复看而已。

"张先生您想改行去盗墓了？"

"这个人我见过……"

没理会关琥的打趣，张燕铎重复播放视频的某一段，关琥还以为他说的是刘金，但马上发现他的手指放在背景部分，在镜头掠过围观的人群时，张燕铎按了暂停，给关琥看，可是手机屏幕太小，镜头晃得太快，关琥无法抓准目标。

"要不我们还是看电视好了。"他提出建议。

张燕铎没有回答，看他的表情，完全沉浸在思索中，喃喃说："还有这个……司南，我应该有见过的，在基地，可是我想不起来是在怎样一种状况下见到的……"

发现张燕铎说的正是他刚才吐槽的勺子时，关琥没敢搭话，悄悄退到一边，用自己的手机上网搜索司南是什么。

名字输进去后，网页上出来一大排有关司南的图片跟解说，关琥顿时无语了——指南针就指南针呗，干吗文绉绉地叫司南……好吧，他有在历史课上学过司南的知识，可惜一毕业，他就把学过的都还给老师了。

"好像那是个四面都雪白的空间，那个人在跟老家伙说话，他手上就拿着司南……我记得刘金的名字……"

张燕铎还在极力回想曾经的记忆。

那里绝对是基地，因为只有在基地里，他的思维才会时而清醒时而混乱。

老家伙为了提高他的身体技能，给他注射过各种药物，导致他的精神状态时常处于癫狂状态，大概是当时那个人跟老家伙的对话比较特殊，所以他潜意识地记住了——男人的面容轮廓，那身看似不菲的高档时装，还有他携带的东西。

为了想起更多的过往，张燕铎抱住头，逼自己回到当时的状态里。

可是除了瞬间晃过眼前的人脸跟雪白空间外他一无所获，他只知道自己是躺着的，仰视的视线让那两个人的脸显得扭曲……他听到了嗡嗡的声音，像是磁性颤音，耳膜被影响到了，发出共鸣声。

这种声音让他很痛苦，甚至比躺在试验台上接受电击试验更让人难以忍受，他的身体发出战栗，用手按住双耳，努力回想那是什么声音，可以这样影响他。

肩膀被扳住，大叫声在他耳边响起，"张燕铎！哥！哥你醒过来！"

张燕铎屈腰抱头，他也发现了自己现在危险的状况，可是眼皮剧烈颤抖着，就是无法睁开，随着嗡嗡声逐渐靠近，他感觉耳朵快被震聋了。

由于害怕，他情不自禁地发出叫喊声，接着双肩被牢牢抓住，似曾相识的感觉，让他突然想到了自己被绑缚在试验台上的情景，那种感觉不是身体上的，而是发自内心的，无可救药的恐惧。

为了躲避捆绑，他挣扎得更厉害，对方被他摔了出去，他自己也因为用力过猛，头撞到了床头上。

砰的响声传来，让他的神智稍稍清醒，嗡嗡声逐渐远去，听力恢复了正常的状态，他听到了自己大口喘息的声音，还有来自对面的叫喊声。

"张燕铎你给我醒过来！"

一声大吼，成功地将嗡嗡声的余韵从张燕铎的脑子里震开了，眼前光亮闪过，仿佛试验台上的灯光，刺眼的光芒中他终于明白了让他不适的原因——男人手里拿着司南，磁勺在疯狂转动，嗡嗡声正是瓷勺跟底盘相互摩擦发出的声响。

"呵，原来是这样……"他大汗淋漓，喘息着笑道："原来真是我见到的那个……"

啪！

脸颊传来疼痛，这巴掌打得很响亮，将张燕铎彻底打清醒了。

疼痛盖过了混乱的思维，他睁开眼茫然地看过去，就见白茫茫的空间消失了，他现在坐在酒店的床上，关琥躬着身，双手放在大腿上呼呼喘气，表情又是紧张又是担心，还有一点点恼怒的色彩。

"你……"

张燕铎刚吐出一个字，就被打断了，关琥呼呼喘着，伸手指着他，警告道："张燕铎我告诉你，今后不许你动不动就使用记忆搜索，你差点挂掉不说，还连累我，我的脑袋都快被你打得脑震荡了！"

"我不是故意去想的……"

"不要狡辩，总之，不、许、再、用！"

关琥撩起额发，看到他撞得红红的额头，张燕铎彻底想起了刚才的经历——他因为过度用脑，导致精神状态陷入异常。

不过这种事他以前常做，虽然也会不舒服，但从没这么危险过，看来是司南的旋动跟当时他接受的电击试验磁场频率吻合，才会导致他精神癫狂。

看着关琥紧张的表情，张燕铎似乎看到了曾经在试验台上疯狂挣扎的自己，那时他心里充满了无助跟怨恨，可是噩梦都过去了，他现在只感到庆幸，庆幸在这个世上，自己不再是一个人。

"笑！你还笑！"

误会了张燕铎的表情，关琥更生气，指着他骂："你害我受伤不算，还叫得那么大声，你知不知道这酒店的墙很薄的，你想让大家都来围观吗？"

意识刚从混乱状态中解脱出来，张燕铎一时间没理解他的话，这时隔壁很应景地传来拍打声，听到是客人让他们注意影响的警告声，他终于明白了过来，再看到关琥黑黑的一张脸，他忍不住，扑哧笑了出来。

张燕铎揉揉脸颊，忽然问："关琥，你打我脸了？"

关琥表情一僵，马上辩解道："这……打了又怎样？你知不知道刚才你的样子有多可怕，我不打你能醒吗？"

张燕铎其实知道自己发病时的表现，因为他许多时候可以感觉到自己疯癫的反应，他只是无法控制而已，看看关琥，关琥还气鼓鼓地站在对面，问："你要打回来吗？"

"哪儿的话，我怎么舍得打弟弟呢？"

关琥指指自己的肚子，又指指自己的额头，暗示说他打得还少吗？

张燕铎看到对面那张床歪到了一边，他很了解自己发疯时的力量有多大，还好有关琥在身边，否则他不知会做出什么可怕的事来。

额头上布满虚汗，张燕铎擦掉了，说："给我杯水。"

关琥跑去倒了水递给他，张燕铎喝着水，慢慢平静下来，将自己对司南的怀疑，还有他记忆中的映像说了一遍。

在他讲述过程中，关琥一直都保持紧张注视的状态，似乎担心他再次发病。

"你不用那么紧张，"发现关琥的戒备，张燕铎说："除非是药物注射或电击刺激，否则我不会有那么大反应的，刚才是我太急躁了，有了心理准备，下次我在回忆的时候会多加注意。"

"没、有、下、次！"为了坚定自己的立场，关琥一字一顿地说。

新闻又开始新一轮的滚动播放，打断了兄弟俩的对话。

关琥看着刘金的事件报道，又对照张燕铎的手机视频，可惜镜头晃得太快，他只能勉强看到张燕铎在意的是背景人群里戴墨镜半低着头的男人，至于男人的长相身高还有特征，都很难捕捉到。

"那你认识的到底是刘金？还是围观的那个人？"

"刘金。"

就在关琥以为张燕铎指的是死者时，张燕铎指向那个戴墨镜的人，"我在基地接受试验时，见到的是他。"

"也就是说溺水而死的不是刘金？这不太可能，虽然像我这么聪明，查案又迅速的警察不多，但他们也不至于糊涂到把死者的身份弄错。"

自诩被自动无视过去了，张燕铎看着电视沉思。

可能是当时磁勺的转动声给他留下的印象太深刻，所以他才会在一开始觉得刘金的名字熟悉却又想不起来，但他可以断定在记忆搜索中刘萧何正是那样称呼男人的。

那只是一瞬间的直觉，告诉他墨镜男是刘金，但其实他并没有真正记起刘金的长相……等等，最近他是不是有见过这个人，所以才会感觉这么强烈，但要说见过，他又完全没有印象了。

也许……一切都是他的臆想吧，刚才大脑被记忆刺激到了，产生各种臆想并不奇怪。

在心里这样说服着自己，张燕铎说："刘金是溺死的这个人没错，不过有人顶替他的名字、身份跟刘萧何见面，还拿了这个司南。"

"如果我现在在警局就好了，可以马上帮你查到刘金到底是谁。"

可惜他们两个都不擅长当黑客。

关琥放弃了不切实际的想法，继续在网上搜索司南的照片，说："现在警方只弄到一个勺子而已，这东西左看右看，都长得差不多，你确定刘金拿的就是你在基地上见到的那个吗？"

"90% 没错，所以我想去一趟现场，跟老家伙有接触的人在这时候死亡，一定有问题。"

"你要自投罗网？"

"被通缉的那个是你。"

"我们现在是一条绳上的蚂蚱，说好听点叫同生共死，说难听点那叫同归于尽。"

听了这话，张燕铎扑哧一笑，看着关琥，意味深长地说："放心，如果真有同归于尽那一天，我会选择老家伙，把生路留给你。"

"什么意思？说得我好像很怕死似的。"

"不过新闻这样连续播放，甚至打出了司南的具体模样，有一半的可能是陷阱，是警方的高层跟老家伙联手，引我们上钩的诱饵，"打断关琥愤愤不平的话，张燕铎说："所以我们要想一个安全的对策才行。"

"什么具体模样？不就一个勺子吗？说不定底盘还在湖底，他们找不到，就想让我们先动手……"

关琥说到一半，就看到张燕铎赞许的目光投来，他狐疑地问："不会真是这样吧？"

"警察大举搜湖太显眼了，假如底盘没找到，他们一定会另外想办法，所以这是他们重点播放磁勺的另一个原因——懂的人自然会懂，会去找，他们就可以坐享其成了……"

张燕铎的话突然停下了，看着电视屏幕不动，接着拿起手机迅速搜索相同的画面。

关琥猜他又发现了什么，急忙凑过去看，就见张燕铎将视频定格，在现场不显眼的角落里画了个圈。

看到圈里站的人影，关琥失声叫了出来，虽然光线跟角度给辨认造成了一定的障碍，但相处得久了，又数次共同经历生死，关琥一眼就把她认出来了。

"凌云？我没看错吧？"

谢凌云的打扮很中性，脸上还戴着眼镜，要不是一开始两人的注意力都放在司南上，她的存在其实并不难被发现。

"看来这次的现场不去也得去了。"在确定那是谢凌云后，关琥扶额，发出叹息。

有关如何去湖边现场的计划，张燕铎没有多说，关琥看他一直坐在床边沉思，猜想他在构思方案，便没有打扰他，去洗了澡，换上睡衣上了床。

等张燕铎洗澡回来，关琥闭着眼睛，呼吸声均匀，看似睡得很香。

张燕铎放轻脚步，上床熄了灯，旁边床上传来翻身声。

关琥问："你好像一直没说你是怎么遇上老家伙的，是他发现了你的不同，才会对你感兴趣的吗？"

张燕铎一怔，没想到他还醒着，并且在琢磨这个敏感的话题。事情已经过去了这么多年，还有必要再去纠结当初他被带走的原因吗？

"太久了，我不记得了。"他含糊道。

不知道关琥是不是相信了他的话，说："那等你记起来的时候，再告诉我吧。"

"你要不要先去验下 DNA ？等证明我们是兄弟时，我的话才有可信度。"

关琥不说话了，看他的反应就知道对于这个提议，他是抗拒的。

其实张燕铎自己也很抗拒。

不追究真相，就代表他们一直有希望，他们可以根据意愿编织美好的假象，但一旦真实的数据摆在眼前时，他们就不得不面对事实，赌注太大了，他们两个人都不敢下注。

所以现在这种状况是最好的，关琥认为他是哥哥，他也把关琥当成自己的亲弟弟，所以他不会告诉关琥当年他被带走的真相——他其实是被父亲卖掉的。

他不确定刘萧何是怎么注意到他的，他的记忆中只有他跟刘萧何的手下争吵的一幕，当时刘萧何就坐在后车座上，做着相同的转动扳指的动作，对父亲点头哈腰的道歉视若无睹。

他很怕接触外人，但那次不知道是怎么了，竟然敢动手对付好几个比他高大很多的男人，可能是当时太恼火了吧，因为明明是刘萧何的车撞到了他们，他不明白为什么道歉的是父亲。

最后刘萧何制止了手下的暴力行为，让他们把他带去一边，他看到刘萧何跟父亲谈话，对话中父亲不时地看向他，一脸的犹豫不决。

后来刘萧何离开了，父亲带他去医院探望母亲，那一路父亲一直没说话，只有不断的叹气声传来，他仰头看去，发现父亲的背弯得更厉害了，仿佛背负了太多沉重的东西，让他无法挺直腰板。

"刚才那件事不要跟你妈讲。"走在路上，父亲多次叮嘱他。

他答应了，他本来就不喜欢多说话，他的沟通能力有问题，所以大家都不喜欢他——父亲、母亲、弟弟，还有那些亲戚跟邻里的孩子们。

父亲也没有再提到那次意外，他以为没事了，虽然不擅长跟人交流，但本能让他很排斥刘萧何，那是一种既讨厌又恐惧的情绪，让他极力想忘掉那个人。

之后没多久母亲的病情更加恶化，祸不单行，弟弟也莫名其妙地开始生病。

那段时间家里只剩下他跟父亲两个人，每天都过得很寂静，仿佛天要塌下来似的。偶尔他听到父亲的哭声，起先还会掩饰，后来变成了肆无忌惮的痛哭，他也躲在自己的房间里哭泣，除了害怕外还有对现状的不知所措。

他很想帮父亲，所以当有一天父亲问他想不想母亲跟弟弟好起来时，他立刻答应了。

他没想到那次的点头成了整个人生的转折点，他的人生就此变得疯狂，再也回不了头了。

父亲把他带去了刘萧何那里，告诉他今后刘萧何会代替自己照顾他，让他听话。那时他还不太理解父亲的意思，那天唯一留给他的记忆就是父亲从刘萧何手里拿了一纸袋的钱，并向他不断道谢。

很久很久以后，他才明白父亲为了救母亲跟弟弟，把他卖掉了。

他会在那种残忍的环境下努力生存下来，有一大半的原因是出于愤怒，他希望有一天逃出那个人间地狱，站在父亲面前质问他为什么丢掉自己，就因为他不是正常人，所以就成了最先被舍弃的那个吗？既然不喜欢他，又何必生下他？

在迄今为止的人生中，这个问题曾无数次萦绕在他脑海里，到现在他都不确定那究竟是他的记忆，还是被他杀害的同伴的记忆。

但毫无疑问，在回想这件往事时，他的心底都充满了愤怒跟怨恨，怨恨父亲，更怨恨弟弟抢走了属于他的亲情。

眼睛慢慢习惯了黑暗的空间，张燕铎平躺在床上，发现在回顾往事时，他的心情已经可以完全保持平静了，这个变化是他见到关琥之后开始出现的——

那天他跟踪关琥，看着他执勤时认真的样子，一切恼恨忽然消失得干干净净，他想到关琥是他的弟弟，是这个世上唯一拥有跟他相同血脉的亲人，是他要倾尽全力保护的人。

所以十几年前他才会同意父亲的决定吧。

或者，当年父亲只是以为将他送给有钱人是为了他好。

在那个时代的人眼中，他是个有病的孩子，父亲一定希望有人能帮他治好病——

在跟刘萧何接触的这些年里，他比任何人都清楚刘萧何有多巧言善变，在父亲急需用钱的时候，很难拒绝他的提议跟金钱，他甚至怀疑弟弟会生病也是刘萧何动的手脚，为的是给父亲施加压力，顺利把他带走。

在暗中观察关琥的那半年里，张燕铎逐渐想通了这些事，也学会了设身处地地为他人着想，直到某一天他才赫然惊觉，不知什么时候开始怨恨已经在他的生命中消失了。

"关琥。"

从关琥的呼吸声中张燕铎猜想他还没有入睡，他在黑暗中提议道："等这次案子结束，你有没有兴趣陪我去埃及盗墓？"

几秒钟后，关琥试探着问："你是认真的吗？"

"你觉得我在开玩笑吗？"

如他所料，关琥果然炸毛了，仰起头冲他叫道："张燕铎你是不是嫌监狱外的生活太好，一定要我抓你进去才甘心？我告诉你，作为一位优秀正直的警察，我绝对不会放任你犯法而不管的！"

"所以我才选择埃及啊，在你的管辖范围之外。"

"你会选埃及，难道不是因为那边的财宝更多吗？"

"呵，这都被你看出来了，看来你的智商有提高。"

"你管我智商情商，总之如果你犯罪，我一定会抓你的！"

听着关琥愤愤不平的发言，张燕铎发出轻笑，逗弄关琥让他最开始的沉郁心情好了很多，思索着接下来跟某人制定的计划，他心想其实去埃及盗墓也不失为一个有趣的历险啊。

随着夜深，两个人很没营养的对话慢慢停了下来。

房间里响起沉稳的呼吸声，兄弟俩都陷入沉睡中，谁也没觉察到房门那边传来响动，轻微的开锁声音过后，门被推开，几个彪形大汉蹑手蹑脚地走了进来。

他们手里都拿了家伙，在靠近后将枪口分别指向两个单人床，然后照领队发出的暗示，一起扣下扳机。

消音器的轻响中，数颗子弹连续打在被子上，棉絮被打得飞了出来，躺在里面的人却没有半点响动，看似已经中弹身亡。

领队收了枪，打了个手势，叫两名手下走过去，掀开棉被。

就在这时从床底下突然伸出一只脚，踹在了近前的男人身上，将他直接撂倒，又趁机缴了他的武器。

后面那个一见不妙，举枪就要扣扳机，被黑暗中射来的匕首刺进颈部，他口中发出咳咳响声，捂着脖子跌倒在地。

关琥已从床下滚了出来，看到其他人将手枪指过来，他揪住倒在床头的男人，拿他当盾牌用，于是射来的子弹都打在了他身上，他一阵筛沙似的颤抖后就不动了。

见此情景，关琥反而愣住了，嘟囔，"靠，出任务都不穿避弹衣的，死得也太冤了。"

话音刚落，领队的枪支就指向了他，但张燕铎已抢先蹿了过去，宛如猎豹，手搭在对方的枪管上，直接将他的弹匣卸了，然后就势一拳，打在他的面门上。

在那人跌倒的时候，张燕铎又双手抓住他的脖颈向一旁拧去，听到颈骨断裂的咔嚓声响起，关琥就知道这个人没救了。

剩下的两个人向他们一齐开枪，但因为有人体盾牌防御，子弹没给他们造成伤害。关琥找机会把盾牌推过去，将其中一人撞倒，然后一个老虎下山式，以膝盖顶住他的脊背，拧住他的胳膊控制了他的行动。

与此同时，关琥眼前一花，另一个敌人也被张燕铎撂倒了，看他倒地后毫无反应，关琥就知道没救了，见张燕铎的目光转向他的俘虏，他急忙说："这个……"

制止声半路夭折，张燕铎出手如电，抓住俘虏的一只手顶在他的心口上，随即俘虏的身体颤了一下，就不动了。

"他在手里藏了暗器，就是趁你有妇人之仁时对你下手的。"

一瞬间干掉了四个人，张燕铎不仅身上没沾一点血渍，连表情都没有太大变化，面对呆若木鸡的关琥，他教训道："下次别再这么婆妈，一念之差也许就会要了你的命。"

"我只是想留个活口问问情报。"关琥结结巴巴地说。

作为现役刑警，死人关琥见得多了，但是活人瞬间变死人的场面他还真是没接触过几次。虽然理智上明白张燕铎不这样做，他们两人都会有危险，可是面对他如此心狠手辣的格斗技能，还是不由得为之震惊。

发觉了他心绪的动摇，张燕铎扫了他一眼，淡淡地说："如果你要认我这个哥，就要认下我的全部，我是好人，但只限于对方没有恶意的前提下。"

换言之，如果有人惹到了他，那下场如何就不用多说了。

关琥抽抽鼻子，非常时期，他默认了张燕铎的做法。

张燕铎没有开灯，打亮手电，上前翻了几个人的口袋，如意料之中的，这些人没有携带任何证明他们身份的物品，他将几个人的手枪收了，给关琥甩了下头，示意马上撤退。

关琥照办了。

两人迅速收拾了行装，为了不引起酒店服务人员的注意，他们拿了必要物品，直接翻窗离开。

二楼的高度很适合逃跑，他们的车就停在附近，所以从他们出酒店到开车上路，前后只花了三分钟。张燕铎把车开得飞快，没多久轿车就跟夜幕完整地融合到了一起。

深夜，道路寂静，车里的空间也同样沉浸在寂静的氛围中，张燕铎面容冷峻，开着车不说话，关琥经历了一场恶战，心情也不是太好，过了好久，他才将负面情绪抛开，开始认真考虑当前的问题。

"他们是什么人？怎么会知道我们的落脚点？"

"至少不是做杀手的，看他们的杀人手法，更像是特警。"

同样是暗杀行为，杀手跟秘密部队的手法也会大不相同，在这一点上关琥倾向于张燕铎的判断，叹道："看来又是警界内部的问题，可他们是怎么查到这里的？"

张燕铎眼望前方，没有回答。

关琥又问："你又是怎么提前觉察到的？来，教教弟弟。"

他们可以在被偷袭之前就有防范，完全是出于张燕铎的警觉，关琥在对他的警觉性心服口服的同时，又很艳羡，想趁机跟他多学几招。

张燕铎瞥了他一眼，微笑说："这东西教不了的，只是一种直觉而已。"

"所以你的直觉就是把你弟弟踹到床底下吗？"

车里传来笑声，张燕铎的心情因为这个话题好转起来，说："上次在德国时，你也把我藏柜子里了。"

"天呐，这么久远的事你居然还记得！"关琥一脸震惊地看他，"你的报复心也太强了！"

"还好酒店的床下是空的，否则都不知道该把你踹去哪里。"

"听起来真遗憾，那亲爱的哥哥，直觉有没有告诉你，那些人还会不会再来狙击我们？"

"会的，不过有我在，不会让你有事。"

关琥悻悻地哼了一声，把头靠在椅背上不说话了。

虽然顺利从敌人的偷袭中逃出来是好事，但接下来的睡眠是个大问题，三更半夜的找不到酒店，他们只能在车里窝一晚了。

"关琥，你困不困？"

"困，可车里太窄，很难睡着。"

"既然睡不着，那就帮我买点东西。"

张燕铎把自己的手机扔给他，关琥接过来一看，是有关司南的网购，张燕铎已经选好了款式，而且数量是三份，就等他下单付钱了。

这东西普通商店很难买到，只能网购，问题是收货地址，现在他们两个人都居无定所，在刚遇到一场暗杀后，关琥放弃了请酒店代为签收的想法。

"写叶菲菲的地址，这两天她在飞机上，警察应该不会无聊到守着空房子盯人。"

"哈哈，同样的司南一次定三份，网店老板一定认为我们是要去探险。"

关琥吐着槽，照张燕铎说的把地址写好，完成付款，又问："你还有其他需要的吗？"

"有，不过那东西直接买更快。"

"内裤？"

似笑非笑的目光投来，紧接着一个纸巾盒甩到了关琥的脑门上。

途中，张燕铎把车停在不显眼的空地上，确认好周围没有交通监控，他拿出早先预备的车牌，替换了旧的，关琥负责拆卸前面的车牌，两人分工合作，很快就搞定了。

回到车上，看到张燕铎将座椅放平，盖上毛毯睡觉，关琥叹道："我发现我们真有做逃犯的潜质。"

"希望这种生活不要搞太久，我还是喜欢做酒吧老板。"

关琥深有同感，想起当初在涅槃酒吧跟张燕铎刚认识的情景，不由得感慨万千，也终于明白了张燕铎会将酒吧起名为涅槃的原因。

不管遇到多大的风浪，他相信他们一定会重生的。

第二章

天亮后，两人吃了早餐，张燕铎开着车在街道上左拐右拐，最后来到一个不显眼的小胡同里，小巷深处有一间小杂货铺。

如果不是事先知道张燕铎想买的东西，关琥怎么都想不到这个看似不起眼的小店里会有各类最新式的跟踪物品。

其实这就是张燕铎说的要直接购买的东西。

关琥站在旁边，看着张燕铎跟老板用行话熟练地打招呼，又选了需要的物品，他开始怀疑自己这位大哥幼年真的有自闭倾向吗？还是他其实并不是……

想到一半，关琥立刻摇头，禁止自己琢磨其他的可能性。

"我说，你好像对这里很了解？"趁着老板去里间拿货，关琥小声问张燕铎，"你以前常来？"

"我也是第一次，是艾米介绍的。"

"呵，你什么时候跟那位美女那么熟了？"

"只是顺便打听一下而已，没想到这么快就派上用场了。"

东西买齐后，两人出了小店，时间还早，他们先去了刘金出事的湖边附近观察地形。

那个湖有个很好听的名字，叫圆湖，顾名思义，湖的形状是椭圆形的。

湖水面积颇大，旁边有个小公园，因为是平常日子，里面没几个人，禁止靠近的黄色警告线已经撤掉了，但湖那边的人不多。

湖堤两边种着垂柳，偶尔风吹过，湖水泛起涟漪，看上去安宁静谧，让人很难联想到前不久这里刚发生过死亡事件。

"你看。"

关琥用手肘拐拐张燕铎，指着湖边让他看。

有人提着鸟笼在湖边来回转悠，乍看像是散步，但是以关琥多年乔装跟踪的经验来看，一眼就看出了那是警察伪装的，看来公园里的游人也是警察，他们埋伏在这里等人来上钩。

那些警察脸孔都很生，可能这件案子是由其他组负责的，这样也好，免得遇到熟人，他还要考虑怎么掩饰。

"看来他们也在钓鱼。"

为了不引起注意，张燕铎没有停车，驾驶车辆沿着湖边开过去，关琥在旁边默默观察情况，转完一周后，张燕铎开车离开。

关琥用手机查看公园湖附近的地图，说："除了我们，他们还想钓谁？"

"也许是钓刘金。"

张燕铎口中说的刘金不是死去的盗墓贼，而是伪装刘金的身份跟刘萧何见面的那个人。

他有种感觉，这起案子跟刘萧何有关，更可能案子的操纵者本人就是刘萧何，虽然他还不知道为什么一个司南会引起这么多人的在意，但毫无疑问，只要抢在他们前面拿到司南的底盘，那这场智斗的主动权就掌握到他的手里了。

"这种状况，我们只能晚上来了，"关琥说完，看看张燕铎，"你应该不会想泅水找司南吧？"

"不会。"

张燕铎笑眯眯地看着关琥，在他明显松了口气之后，又追加，"这种事要做也是你做，怎么可能是我亲自操刀？"

"你爷爷的，张燕铎，这种话你都说得出来，你知道现在的气温是多少度吗？水温有多低吗？最关键的问题，你知道我就一定会游泳吗？"

张燕铎不说话，只是微笑听着关琥的吵嚷，关琥表现得越炸毛，他就越觉得有趣，心情也随着好了起来，开着车，开始考虑接下来的行动计划。

下午，张燕铎先找了家酒店住下，关琥太无聊，无所事事地在房间里研究窃听器材，顺便将缴获的几支枪都擦了一遍，到傍晚，他叫醒一直在旁边床上睡觉的张燕铎出门。

两人在外面吃了晚饭，又去酒吧混到半夜，才驾车来到圆湖，根据白天观察到的地形，他们找了个方便观察的位置，准备见机行事。

为了以防万一，关琥把替换衣服都准备好了，但他很快发现自己的准备都派不上用场，因为有人捷足先登，站在湖边逡巡，湖里也有人，不时在湖面上冒出头来，随即又泅水下去，俨然一副寻找东西的架势。

"萧白夜居然亲自上阵。"

遥遥看到萧白夜，关琥很惊讶，就见他一身便衣，顺着湖边来回走动，看得出他很急躁，有属下跑来汇报情况，他听完后马上挥手下达指令，神情严峻，跟平时坐在办公室里，喝着茶水慢悠悠说话的形象大相径庭。

观察了一会儿，关琥不由得叹道："我发现我从来没有真正了解过他。"

感叹换来张燕铎的侧目，看他的表情有点古怪，关琥问："怎么了？"

"没什么，可能即使现在你也不了解他。"

"现在我至少知道他是黑的是奸的，有机会我一定揍他一顿……"

张燕铎摆手打断关琥的怨言，说："他的出现是好事，我有了其他想法。"

关琥用力点头，只要不让他大冷天的下水就好，所以他决定对张燕铎的任何想法都表示赞同，谁知张燕铎下一句话是问："你会开锁吗？"

"欸？"

张燕铎看着他，笑吟吟地追加，"神不知鬼不觉地开车锁。"

五分钟后，站在萧白夜的车前，关琥一边摸索着怎么开锁一边在心里默默咒骂张燕铎的黑心。

假如张燕铎的感应力够强大，那他一定会感觉到两耳发烧，但他现在的注意力都放在观察湖边的状况上，对关琥的怨怼毫无觉察。

于是关琥只好继续他悲惨的撬车贼的命运，先是滑到车底下，将追踪器贴在车的底盘上，再迅速滑出，探头观察车里，看里面有没有放置值得自己撬门的物品。

"关琥，你还好吧？"

半天没听到关琥这边的动静，张燕铎在对面问道，关琥摸摸耳朵里的微型通信器，低声说："好屁啊，你来当偷车贼试试。"

"我只是让你撬车门，没让你偷车。"

"有什么不同吗？都一样是犯法的事。"

关琥观察着轿车的安全设置系统，然后拿出相应的道具开始操作，随口说："自从认识了你，我就一脚踏上了贼船，好事没一件，坏事都有我的份。"

"听起来你不太擅长撬这种最新型的轿车，要换我来吗？"

"哼，老子还没那么没用，抓了这么多年贼，连一辆车都撬不开。"

说话中，关琥已经找到了相同频率的信号器，按下按钮，将车门顺利打开，然后像是车主一样，堂而皇之地坐进车里，开始搜索。

不错，这就是张燕铎交代给他的任务——在萧白夜的车里安装追踪窃听器。

东西都是今天在小杂货铺里买的，不仅是现成的，还是全新的，让关琥怀疑张燕铎是不是早就知道今晚萧白夜会来湖边，所以将应对方案都设计好了。

萧白夜的车位离湖边有些距离，很方便撬……呃不，应该说是开车门。

仗着刚入行那几年跟前辈们学的各种反扒技术，关琥领下了这个任务，车门的顺利打开让关琥怀疑自己是不是真的有做盗贼的潜质，记得当年教他的前辈就曾说过——幸好你没入错行，否则一定是大盗。

嗯，现在他的状况也跟大盗相去不远了。

在心里吐着槽，关琥将车里快速观察了一遍，首先映入眼帘的是挂在后视镜下方的晴天娃娃。

娃娃是手工制作的，关琥凑过去仔细看看，发现不管是娃娃的做工还是五官，甚至娃娃身上的装饰，怎么看都跟他送给克鲁格的那个很相似，他呛了一下，本能地想到——难道这件事克鲁格也插手了？还是克鲁格原本就跟萧白夜是一伙的？

这个猜测让关琥有点郁闷。

虽然对于克鲁格单方面所表达的好感他无法接受，但他还是真心诚意把克鲁格当朋友看待的，假如克鲁格是萧白夜那边的人，那他的失望要远远大于被欺骗的愤怒。

"出了什么事？"感觉到关琥情绪的不对劲，张燕铎急忙问道，戏谑的腔调转为关切。

"没什么，就是看到了一个晴天娃娃。"

时间不多，关琥没提自己的怀疑，把事情含糊过去，开始做事。

目光在车内转了一圈后，落在了萧白夜放在副驾驶座的外套上，他拿起来看了看，将微型窃听器扣在了衣领的后边内侧部位。

做好后，关琥又打开抽屉，检查里面是否有重要东西，结果让他有点失望。

抽屉里都是私人物品，唯一显眼的是几份有关司南的资料，但那都是从网上搜索来的资料，除了证明萧白夜也对刘金之死还有司南感兴趣外，没有太大的价值。

关琥把东西放回去，途中手一滑，他及时将资料抓住了，但夹在资料里的东西却掉到了地上，却是两张照片。

关琥弯腰将照片捡起来，一张是全家福，普通的客厅背景，当中是父母跟坐在沙发上的两个孩子，其中一个小孩的脸型轮廓有点像萧白夜，关琥猜想另外三个人应该是萧白夜的父母跟弟弟，后来他家遭灭门，只剩下了他一个人。

这样一想，他突然觉得比起萧白夜，自己算是幸运的，至少他还有哥哥。

另外一张照片也是合照，里面都是重案组的同事，外加刚好来找他玩的叶菲菲。

照片里的人个个都面带微笑，背景墙壁上还挂满了各种奖状奖旗，想起拍照时的欢乐气氛，关琥的表情变得柔和起来，那时他们同事之间毫无罅隙，叶菲菲还是他的女朋友，而萧白夜对他们来说，也是最好的上司。

可是不知道从什么时候开始，一切都变了。

"关琥！"耳朵里传来叫声，把关琥从回忆中唤醒，张燕铎叫道："快点离开，萧白夜要回来了。"

"回来？"

"他已经往回走了，快点。"

听了张燕铎的警告，关琥急急忙忙地把照片放回资料里，将所有东西回归原位，又再次确认了车内摆设跟之前没有变化后，才飞速撤离，把车门锁好。

张燕铎在对面指挥他，让他转去隔壁车辆后面，关琥照做了，他刚弯腰藏好，萧白夜就回来了，打开车门，探身在里面摸索了一下，然后关门离开，关琥偷偷看去，就见他穿了自己刚扣上窃听器的外衣，大踏步地走远了。

原来是天冷回来拿衣服的，刚好让窃听器派上了用场。

关琥在心里暗叫侥幸，在接到了张燕铎做出的安全信号后，他猫腰飞快地跑了回去，就见张燕铎已经回到了车里，拿着望远镜观察对面的情况。

"为什么做苦力的总是我。"坐上车，关琥忍不住抱怨道。

"谁让你是弟弟。"

轻描淡写的回应，像是一切都是他该做的，关琥气得把张燕铎的围巾粗鲁地扯下来，围到了自己的脖子上，一边绕着一边问："有什么新情况吗？"

"他们在轮流换人找，暂时还没有消息。"

"给我看看。"

望远镜只有一架，关琥抢了过来，张燕铎改为调节信号器，没多久就听到了对面的脚步声跟说话声，不过都是简单的汇报跟下达指令，没有有价值的情报。

"干得不错，"张燕铎继续调节器械，称赞道："你有这方面的……"

"请打住，我一点不想有这种天赋。"

关琥眼睛盯着望远镜，伸出一只手，制止了张燕铎对他的赞美。

"不过就是花的时间太长，要不是我提醒，你差点跟人家撞上。"

"因为我看到了奇怪的东西。"

关琥将自己在车里见到的晴天娃娃跟照片的事说了，然后道："我一直以为萧白夜是个很简单的人，现在才发现他不管是身份，还是背景，还是他这个人，都充满了神秘色彩。"

听着他一本正经的评定，张燕铎差点笑出来，很想说在自己认识的人当中，最简单的可能就是关琥了。

没听到他的回应，关琥问："你没有觉得奇怪吗？"

"没有，因为每个人都有他不想被人知道的过往。"

"但如果因此而伤害别人就不对了。"

听到这句话，张燕铎犹豫了一下，说："关琥，其实有些事我……"

"有情况，快看！"

关琥将望远镜塞给张燕铎。

话被打断了，张燕铎只好放弃了解释，算了，关琥是个简单又直接的人，许多事他还是知道得越少越好，他比较喜欢笨蛋并且快乐的弟弟，真相还是等到最后揭牌的时候再说吧。

透过望远镜看过去，张燕铎看到有人从湖里钻出来，游到湖边，将手里的东西递给萧白夜，两人的话声太低，听不太清楚，大约是"找到目标""真假""清洗"等字眼。

关琥凑到张燕铎身边，努力跟他一起听耳机，小声说："看来他们找到司南底盘了，我们怎么截和？"

"不着急，再等等。"

等待的时间没有很长，两人看着萧白夜让手下清洗底盘，自己转去一边打电话，电话那头是谁无法知道，只听到他一直是嗯嗯的回应，最后说："我会处理好的，明天见。"

等萧白夜讲完电话，底盘也清洗完毕了，萧白夜将擦拭干净的底盘收好，吩咐属下收队，等众人都离开后，他快步向车里走去。

关琥起身就要向外冲——现在只有萧白夜一人，是抢夺的最佳时机，反正他身上已经挂了好多罪犯标签了，也不在乎多一款抢劫的。

可是还没等他有所行动，肩膀就被按住了，张燕铎摇头示意他少安毋躁。

"现在不动手，会被别人抢先截和的。"

事实证明了关琥的担心，耳机那边传来开门声，随即"嘿"的一声响起，萧白夜停止了动作，稍许沉默后，他们听到了手枪拉下保险栓的响声，一个熟悉的嗓音说："你好，萧警官。"

居然是吴钩！

关琥一脸震惊地看张燕铎，想问他是怎么知道吴钩藏在车里的，自己在安放追踪窃听器时有没有被吴钩发现？

大概他现在的表情太滑稽，张燕铎发出轻笑，向他摇摇头，小声说："不用担心，那家伙是在萧白夜拿到东西后才上车的。"

"你早就知道他也在监视了？"

"嗯。"张燕铎微笑说："所以我才遥控指挥你的行动啊。"

这人实在太过分了，早知道也不跟他讲一下，好让他有所防范……好吧，他也知道以他的身手，就算事前被警告，大概也没法防备吴钩，但也不能因为这样，就不告诉他对吧？

胳膊被拐了一下，张燕铎示意他少乱想，专心听对面的对话。

萧白夜目前的状态应该是被枪管指着后脑勺的，他看不到对方的模样，问："你是谁？"

"我是谁并不重要，不想死的话，就把刚到手的东西给我。"

短暂的沉默后，萧白夜问："你们一定要这么急吗？安心等几天的话，东西同样会到你们手里的。"

这么说就代表他已经知道对方的身份了，也证明了萧白夜跟他上头的人和刘萧何等人是合作关系，听到这里，关琥气得皱起了眉头。

张燕铎伸过手来，硬是把他的眉头捋直了，接着拍拍他的脸颊，暗示他不要把负面情绪带进工作中来。

"还说不知道我是谁，看来你心里明白着呢，"吴钩笑道："倒不是我们多疑，而是不想被人抢了先。"

吴钩说对了，要是他下手晚一点，关琥敢保证东西现在已到自己手上了。

"放心，不会让你为难的，把这个拿回去，就没人会怀疑你了。"

耳机那边传来递东西的声音，关琥猜想是吴钩给了萧白夜赝品，萧白夜没再坚持，叹了口气，接了赝品，又将自己刚拿到的司南底盘给了他。

"谢谢合作。"

"比起这个来，我很好奇磁勺怎么办，你们要偷要抢是你们的事，不过我是警察，不会帮你的。"

"这个不劳费心，我们自有打算……合作愉快。"

吴钩很狡猾，没有说出他们的计划，拿了东西后就下车离开。

车门关上了，萧白夜哼了一声，关琥赶紧拿望远镜去看，但可惜轿车附近种了不少观赏植物，让他无法顺利追踪到那边的状况。

寂静了一会儿后，传来窸窸窣窣的声音，关琥努力探头张望，一不小心，脑袋撞到了车顶，砰的一声，他捂住头，望远镜也丢掉了。

张燕铎默默地将望远镜捡起来，看向对面，萧白夜不知道在车里做什么，过了一会儿才开车离开，张燕铎踢了关琥一脚，示意他跟上。

"别跟得太紧，免得被其他黄雀发现我们。"

"难道除了吴钩，还有其他人？"

"至少还有个冒充刘金的人。"

听张燕铎这样说，关琥明白了为什么吴钩会说怕其他人抢先，看来喜欢玩截和的人还真不少。

"但吴钩只取到了司南的底盘，他刚才怎么不顺便跟萧白夜要勺子？”

“是磁勺，”张燕铎纠正完，道：“磁勺作为证物放在证物室里，要直接取太显眼了，吴钩可能会用另外一种方式。”

“说的也是，如果萧白夜那帮人跟老家伙他们都熟悉，会帮忙妥善保管的，老家伙也不必担心有人去警察局偷证物，东西到头来都是他们的。”

听到这话，张燕铎张张嘴，想说什么，刚好一辆黑色小绵羊从他们车旁冲了过去，让他临到嘴边的话打住了，看着那辆瞬间疾驰而去的机车，他的眉头微微皱起。

关琥也注意到了，啧啧舌，要不是碍于现在的状况，他一定投诉小绵羊的主人违章驾驶。

机车跑远了，关琥把话题扯回来，问：“你刚才要跟我说什么事？”

“我有说过吗？”

关琥用力点头。

“哦，是这样的……关琥，你有没有兴趣去警局拿点东西？”张燕铎说：“既然他们笃定没人敢去警局冒险，那么出其不意，成功的概率会很大。”

“偷东西？我绝不会做的！”

“我是说拿……”

“张燕铎我是第一天认识你吗？你说‘拿’的时候有几次不是‘偷’的？要偷你自己去偷，我绝对不会做违背我职业道德的事！”

“呵，说得就好像你安追踪器是很正当的行为似的。”

“那也是被逼无奈……而且你刚才要跟我说的不是这件事吧？”

张燕铎挑挑眉不说话了，抬手指指前方，让关琥注意跟踪目标。

有追踪器协助，跟踪是件很轻松的事，关琥开着车，没多久就跟着萧白夜回到了警局，看他下车，手里还拿着搜到的证物进了警局，关琥猜他是要将东西拿去证物室。

要是换了以前，去证物室找东西，对关琥来说是件再简单不过的事，不过今非昔比，现在如果他走过去，只怕几秒钟内就被扣留了。

所以他需要利用别人的身份，最好再携带上面签字的文件，那就可以正大光明地把证物拿出来……

想到这里，关琥突然惊觉，为什么他要想着怎么偷东西？对，这次他绝不能再听张燕铎摆布了，大不了另想办法。

没多久，耳机里传来说话声，萧白夜像是在跟谁讲电话，声音压得很低，关琥侧耳细听，原来萧白夜在汇报今晚的工作，对面那人说了什么无法知道，他只听到萧白夜在简略报告完后就道晚安挂了电话。

又过了一会儿，萧白夜从警局里出来，开车离开，关琥远远跟着，看到他回了自己的公寓，锁好车门，径自上楼了。

关琥把车停在了临近的车位上，调整椅背方便自己倚靠，做出长时间抗战的准备。

"看这样子，他今晚不会出门了，我去买宵夜，你想吃什么？"

张燕铎惊讶地看他，"你准备在这里过夜？"

"这是跟踪目标的基本啊。"

对关琥来说，几天几夜不睡，跟踪嫌疑人这种事他常做，早就习惯了，反而张燕铎大惊小怪的反应让他觉得不正常。

"我都订酒店了，干吗委屈自己在这里睡？"张燕铎一口否决了他的提议，"萧白夜又不是嫌疑人，你还怕他跑路吗？在酒店里追踪情报就行了。"

"可是……"

关琥想说他主要是观察会不会有人来跟萧白夜会面，或是萧白夜临时有行动，但还没有说出口，就被张燕铎催促着开车，他没办法，只好照做了，在回酒店的路上，叹道："你真的有在认真搞跟踪吗？你这样很难查出什么的。"

"要不我回酒店，你一个人在这里观察？"

对于哥哥的任性提议，关琥一秒就否决了。

追踪线索通常都是两个人搭档操作的，这样才可以轮流替班，张燕铎走了，他一个人还玩个屁啊，那么自虐，还不如回酒店睡觉。

他们的酒店离萧白夜的公寓很近，差不多是拐过一条街的距离，近到让关琥怀疑张燕铎在一开始找酒店时就有了监视萧白夜的想法，这种距离的话，的确不用委屈自己大冷天的窝在车里待机跟踪。

回到酒店，服务台里的小姐换成了胖胖的大妈，她正靠在柜台上嗑瓜子，看到两人，制式化地说了声欢迎光临。

张燕铎报了房间号，大妈一脸暧昧地打量他们，把钥匙给了他，然后用手指打了个手势。

张燕铎面无表情地拿了钥匙就走，关琥跟在后面走了两步，觉得不对劲，又转身回来，很认真地对大妈解释说："他是我哥。"

"哦……呵呵……"

看胖女人的反应，就知道她不信，再解释下去只是多费口舌，关琥只好放弃了，加快脚步去追张燕铎。

"我觉得再跟着你混下去，我就是跳进黄河也洗不清了。"听到身后传来的笑声，他气呼呼地对张燕铎说。

"你有清白这种东西吗？"

张燕铎的话让关琥一口气差点没缓过来。

他无奈地跟随张燕铎回了房间，先把脸上的面具摘了，去洗澡，张燕铎负责观察萧白夜的动向，等关琥收拾完出来，发现他靠在床头看电视，耳机放在旁边，完全没有搞跟踪应有的职业道德。

"他也在洗澡，我对洗澡的男人没兴趣。"注意到关琥投来的不快目光，张燕铎说。

关琥看看电视机里正在摇摆身姿的钢管舞女郎，他自嘲地说："是我的错，我不该对你抱太大期待的。"

他放弃了对张燕铎的依赖，拿起耳机监听，不过收效不大，萧白夜洗完澡后，去了卧室，外衣被他随手丢在沙发上，传来刺耳的沙沙声，关琥忍着不适感，又坚持听了一会儿，发现萧白夜关电视睡觉了，既没有特别行动，也没有跟任何人联络。

看来今晚最大的收获就是知道了司南的行踪。

关琥又坚持了半小时，除了听到耳机那边传来的鼾声，还有他隔壁床上某人发出的鼾声外一无所获，他索性也放弃了，把耳机放在一边，关灯睡觉。

可能是这一天经历的怪事太多，关琥整晚都在做梦——溺水而死的盗墓者、神秘的司南，还有萧白夜以及其他景物走马灯似的在眼前晃过。

最诡异的是他居然还看到了在降头事件中供奉烧神的旅馆，那尊神明舒展着六臂，发出妖异的微笑，微笑再慢慢转变，最后变成了晴天娃娃，背景换到了萧白夜的车上，晴天娃娃随着车辆的行驶左右晃动着，让他的视线也变得模糊起来。

正睡得迷迷糊糊，肩膀被人粗暴地推搡，关琥本能地去摸手枪，摸到的却是手机，他睁开眼，就看到指在自己面前的枪管，还有站在床边握枪的张燕铎。

关琥转头看窗外，天已经亮了，阳光射进来，有些刺眼，他再看看张燕铎，捧场举手做出投降的姿势，打着哈欠，说："早。"

脑袋被枪口顶了一下，张燕铎一句话让关琥的睡意全消。

"你这副样子，如果拿枪的是敌人，你就死定了，快起来，萧白夜出发了。"

"这么早？"

关琥急急忙忙地爬起来，随便洗漱了一下，戴好面具，边穿衣服边往外跑，经过酒店大厅时，他发现才八点多。

早上还是那个胖女人值班，她正努力往嘴里塞面包，间接告诉大家她会肥胖的原因。

看到他们，女人主动打招呼，又指着柜台上摆放的面包跟牛奶，问："要吃早点吗？"

张燕铎脚步微停，胖女人笑道："我们早餐免费的，你们多吃点。"

张燕铎道了声谢，拿了面包跟两瓶牛奶离开，关琥也加快脚步跑了出去。

两个人上了车，张燕铎将面包牛奶递给关琥，自己来开车，面包是刚出炉的，热气腾腾，成功地让关琥的一点不开心烟消云散了。

张燕铎的车开得不快，跟踪着目标在国道上跑了一会儿，来到一个豪华住宅小区附近。

关琥看了一眼GPS上的信号，萧白夜进了小区后不久就停下了车，随后有个邮递员也骑着摩托进去了，他急忙给张燕铎打手势，让他把车停到旁边的咖啡屋前。

"那个家伙也在跟踪萧白夜。"他用下巴指指邮递员，说。

邮递员不管去哪里或是靠近哪栋房屋，都不会太显眼，但关琥的记忆力挺不错的，他记得昨晚那个超速驾驶的家伙用的车牌跟这辆车的一样，看来他也会这招，就是经常给车更换车牌。

"换汤不换药，一点角色扮演的精神都没有。"

"应该没人会像你这样无聊得去记人家的车牌。"张燕铎好笑地说。

"你觉得他像不像在刘金的死亡现场出现的那个人？"

"百分之九十八的……不可能，"张燕铎目送摩托车跑远，沉吟说："他们的体型完全无法重叠起来。"

关琥用手来回比画了一下，这两个人都很瘦，他弄不明白在这么短的时间里，张燕铎是如何把他们的体型重叠对比的，不过天才的世界正常人本来就很难懂，他放弃了去深究，说："我们就在这里等好了，免得跟太紧，被其他黄雀发现。"

为了不引起注意，张燕铎发动车辆，绕着住宅区慢慢跑，就听耳机那边传来对话声，还伴随着细微的杂音，其中一个是萧白夜，另一个则是个上了些岁数的男人声音。

"大致经过昨晚我都向你汇报了，对不起处长，这次是我的失误，才会导致证物被抢走，我会接受处分。"

"你太谦虚了，你已经做得很不错了，果然是年轻有为，不愧是萧家培养出来的精英。"

耳机传来哗啦声，可能是有人在拍打萧白夜的肩膀，关琥把耳机移开一点点，听萧白夜称呼那人处长，他本能地联想到了副处长萧炎，但是从字里行间又感觉不太像。

果然就听萧白夜说："那萧处长那边……他出差去了，我怕他回来，我不好交代……"

"放心吧，这件事回头我来跟他说，你是我们两个人共同举荐的，难道你还担心他会责怪你吗？"

"那倒不是，只是我们有点亲戚关系，有些事反而不好沟通。"

听了萧白夜的话，男人沉默了一会儿，突然问："快到萧警官的忌日了吧？"

关琥又没听懂。

萧白夜说："是清明。"

"一转眼就这么多年过去了，时间过得可真快，你入行这么久，那场灭门惨案你一直没想查吗？"

"曾经想过，但萧处长说希望我放开以前的事，否则我记住一天，就一天无法过正常人的生活，我不想让他担心。"

"是啊，你父亲殉职后，是萧处长一手扶持你起来的，他待你像是亲儿子，当然不希望你一直回顾过去，你也不必太在意，可能他也有难言之隐，就顺其自然吧，也许哪一天真相会自动跳出来呢。"

话题越扯越远了，但关琥听懂了前因后果，男人提到的萧警官不是萧炎，而是萧白夜的父亲，这段时间他将萧白夜的身世过往了解得清清楚楚，所以听着两人的对话，他有种感觉，这个人在有意无意地挑拨萧白夜跟萧炎的关系。

想到这里，关琥啊了一声，他记起这个人是谁了，他是高级助理处长陈世天，原来这里是陈世天的家……呃不，看这片小区的房型，更像是别墅。

之前在降头事件中，陈世天也接受过记者采访，说起来，陈世天在警界的根基也很深，跟萧家还有李元丰的李家算是鼎足并立的状态，他一直以为陈世天跟萧炎是对头，没想到他们之间还有合作关系。

聊完私事，陈世天又不着痕迹地把话题拉了回来，对萧白夜说："那个人给你的司南就保存在证物室好了，真假不重要，对我们来说，那东西就是从湖底捞出来的证物而已。"

"那磁勺的部分呢？"

"这个嘛……要看上头的意思，你不用管了，会有人来处理的。"

"我可以协助的，这件事一直是我负责的，我想……"

"这是我跟萧处长相谈后得出的结论，不是你工作能力的问题，而是有人希望用其他的办法来解决。"

"是谁？"

"别问这么多了，昨晚你也累了，回去好好休息。"

陈世天做出端茶送客的表示，关琥感觉得出萧白夜的急躁，但他的忍功比关琥想象得要好，最后什么都没说，告辞离开。

听到萧白夜开门的声音，关琥把耳机摘了，叹道："说起来他也是蛮拼的，明知道抢东西的人跟自己上头的人是一伙的，他还要主动担起失职的责任。"

张燕铎不说话，低头沉思，不多一会儿，就见萧白夜开车出来了，随后邮递员的摩托车也跟了出来，关琥只顾着看他们，连手机铃响起都没注意到。

那两辆车一前一后跑远了，张燕铎把车开动起来，见他一直沉吟不语，关琥皱眉问："你理顺这里面的关系了吗？"

"嗯……"

"我有点想不通欸，哥，你帮我琢磨一下，陈世天跟萧炎他们一直是对头，谁都想把对方赶下去，自己当一把手，现在怎么变成合作关系了？萧白夜不去跟萧炎汇报工作，却跟陈世天联络，他到底在帮谁？"

"很简单，这世上从来没有永远的朋友，更何况关系到权力争斗，陈世天也好，萧炎也好，分开来都不是李家的对手，但如果他们联手的话，许多事就简单多了，在降头事件中李元丰差点被干掉也说得过去了。"

"这就是所谓的三足鼎立吗？"

"差不多就是了，人类进化了几千年，但是本质是不会变的。"

张燕铎说得淡漠，让关琥听得有点郁闷，再想起萧白夜车里的晴天娃娃，他就更加不开心了，长长地叹了口气。

张燕铎明白他的想法，说："你如果真在意，就直接打电话问克鲁格。"

"有什么好问的？如果克鲁格跟萧白夜真是一伙的，我的行踪就暴露了，那我们岂不是更危险？"

"那就不要胡思乱想自寻烦恼，不过依我看，一切都是你想多了，你觉得以克鲁格的谨慎小心，他会把你赠送的东西转赠萧白夜，留下让你怀疑他的线索吗？"

"也许那家伙移情别恋了，觉得萧白夜不错，就把娃娃送他，顺便也把我卖了。"

"呵，听起来你更在意克鲁格移情别恋。"

"哪有的事，你别乱说话，我的重点是——我怕萧白夜耍诡计，你看一个指南针他都搞出这么多花样来。"

"司南,"张燕铎纠正完,又说:"有一点我一直觉得很奇怪,老家伙为何放着六亿的鱼饵不吞,而这么在意一个司南?假如我可以想起那天冒牌刘金跟老家伙的对话……"

"不要想,"关琥一秒打断他,"我不想再当你的沙包,你也不要自虐!"

紧张的表情,让张燕铎忍不住笑了,他没告诉关琥,他不会自虐的,因为他找到了其他可以查寻秘密的办法。

关琥没想到张燕铎另有打算,生怕他自作主张去回忆过去,急忙加快语速往下说:"我突然想到,老家伙会无视六亿,有两个原因:一,他把你视为囊中物,反正早晚可以收服你,那六亿迟早也是他的,所以不着急;二,他那么紧张司南,是因为那东西有着比六亿更大的价值。"

张燕铎沉吟不语,他觉得关琥两条都说对了。

不过比六亿更大价值的东西是什么?当然不可能是司南,而是司南背后隐藏的……

思绪突然一动,一瞬间,雪白的房间跟磁勺转动的沙沙声在脑海中迅速闪过,张燕铎隐约感觉自己抓到了什么,但没等他细想,画面就晃了过去,手机铃声再度响起,打断了他一闪而过的灵感。

关琥拿起手机,发现是快件到货通知,在他们监听萧白夜的时候快递就来过几次通知,却被他忽略过去了。

"这么快。"他转去看张燕铎,做了个分头行动的手势。

张燕铎把车头转了个方向,驶向叶菲菲的家。

"还是一起去吧,萧白夜这边让螳螂去跟。"

关琥想了想那个冒充邮递员的干瘦男人，觉得张燕铎的比喻还挺形象的。

他忍住笑，问："你不怕他途中耍什么诡计？"

张燕铎丢给他一个眼神，像是在说若论耍诡计，还有谁能赢得了他大哥的？

最后商议的结果是为了安全起见，两人一起去叶菲菲的公寓，关琥去取货，张燕铎负责在楼下接应，等货拿到后，再去跟踪萧白夜。

第三章

叶菲菲的公寓到了。

关琥以前来过几次，知道大门的密码，他熟门熟路地进去了。

到了叶菲菲的家门口，他取出细铁丝插进锁孔里，撬着锁，在心里嘟囔——想当年他跟着警界前辈学习反扒技术时，万万没想到有一天会把技术用在盗窃上。

——不过这是他前女友的家，不打招呼就进门也是可以原谅的……吧。

给了自己登堂入室的理由，十秒后，关琥打开锁，光明正大地进了叶菲菲的家。

叶菲菲的房间整理得还挺干净的，这有点出乎关琥的意料，他给快递小哥打了电话，让他直接把货送上来，打电话时，眼神瞟过对面的墙壁，他差点咳出来。

液晶电视后方挂着一条长长的横幅，上面写道——关王虎，我知道你是清白的，所以就算全世界都与你为敌，我也会站在你这边，有时间记得联络我，我一定不会报警的。PS: 上次你买钢铁人战衣跟我借的八千块还没有还，一个月之内归还的话，不算你利息，还有，如果你来了，记得帮我打扫卫生。

"怎么了？"张燕铎在楼下觉察到他的不妥，急忙问道。

"没，我只是想给我的前女友下跪。"

关琥将叶菲菲的留言读了一遍，张燕铎问："你有买钢铁人模型吗？"

"我想如果不是她梦游了，那就是我梦游了。"

吐完槽，刚好门铃响了，关琥过去打开门，快递小哥将一个纸盒递给他，请他签字。

关琥签字的时候一直有留意小哥的动作，不过事实证明他只是个普通的快递员，接了签字收据后就离开了。

"看来他是白的。"

关琥跟张燕铎汇报了自己这边的情况，将纸盒拿到客厅的桌上放好，拆封时他还有仔细检查纸盒的状况，然后慢慢打开。

"你越来越谨慎了。"张燕铎赞道。

"这是我的长处。"

关琥自诩着，将纸箱打开，里面上下叠放着三个盒子，为了防止震荡，中间还塞了很多塑胶泡沫，盒子里的东西都是一样的，磁勺跟下面的底盘分别固定住，底盘花纹做工精致，磁勺乍看去，跟新闻里播出的那个没什么不同。

关琥将盒子取出，塞进了身后的背包里，又将纸箱拆封折叠好，准备离开，谁知快到门口时，警觉的天线突然竖了起来，他听到门那边的脚步声，脚步踏得很轻，反而令人起疑，感觉到声音很快就接近门口了，他急忙向后退去。

几乎与此同时，震动声在前方响起，关琥就地一滚，躲过了子弹的射击，趁着敌人还没有冲进来，他快步跑向窗口，同时掏枪将对面玻璃打得粉碎。

等关琥跑到窗台前，身后再次传来轰响，这次不是子弹，而是杀伤力很大的火箭炮，幸好关琥已经将随身带的铁爪滑索扣在了窗框上，双手护头，从楼上跳了出去。

张燕铎已在对面听到了枪声，他在第一时间做出了迎接的准备，关琥落到地面时，他的车刚好驶到，将车门打开。

关琥收了滑索，闷头冲上轿车，就听头顶连续传来射击声，但张燕铎的车速实在太快，轻松就越过了射击范围，等追兵也学着关琥的方式跳下楼时，车已经远远开走了。

"靠，一身玻璃碴。"

在确定安全后，关琥打量自己全身，今天阳光很好，照得他全身亮晶晶的，他不敢用力甩，以免都甩到车里。

张燕铎看得扑哧乐了，"看来你有做特工的潜质。"

"我想在我做上特工之前会先被叶菲菲灭了，"想象着叶菲菲的家被子弹扫射的惨状，关琥打了个寒战，急忙对张燕铎说："你那六亿千万别花掉，留一部分还叶菲菲的房贷。"

"好，不过你要不要先扫扫玻璃碴，顺便检查一下货有没有出问题。"

行驶到一个偏僻的地方，张燕铎把车停了下来，趁关琥下车打扫玻璃碴的时间，他把车牌换了。关琥搞定后，又打开背包，还好东西都没有损坏，他跳上车，将装备递给张燕铎。

"你换车牌的速度越来越熟练了。"

张燕铎低头，将司南底盘拆下来翻来覆去地看，像是在检验古董的样子，随口说道："这一路上我准备了不少车牌，总要都用一遍才行啊。"

"那些偷袭我的人是谁？"

"你没看清？"

"我只顾着跑路了，哪有时间观察？不过看他们的装备，跟上次偷袭我们的人是同一路的，"说到这里，关琥顿了顿，又道："所以又是萧白夜搞出来的。"

"嗯。"

"要不是你提前有准备，我一定没办法顺利跑掉。"

"嗯。"

张燕铎随口应和着，目光一直没离开司南，这让关琥起了疑心——通常在他遇到危险时，张燕铎都表现得很紧张，他会不在意只有两个可能——要么这是他设计的，要么他一早就知道，并确定自己不会有事。

为了确定自己没猜错，关琥故意说："看你这样子，像是早就料到有人在那里埋伏似的。"

听出了他语气里的不快，张燕铎终于捧场抬起了头，向他翘了翘嘴角，"没有，你想多了。"

"可是你把事情抓得这么准。"

"这世上有种人叫诸葛亮。"

"猪哥亮吧，唔……"

张燕铎把早上剩下的面包塞进了关琥嘴里，启动车辆上路，关琥不爽地嚼着面包，含糊不清地问："东西到了，接下来呢？"

张燕铎但笑不语，只是侧头看他，关琥只觉得背后凉风嗖嗖嗖地吹来，他用力摇头。

"我不会偷东西的，绝对不会！做人一定要有原则，而且……"

"既然您这么坚持，那就没办法了，关先生，有关您前女友的房贷问题，我们只能亲兄弟明算账了。"

"我靠，张燕铎你也太狠了，你有几亿身家，都不舍得给你弟弟几千万？"

"没办法，我也有我做人的原则。"张燕铎笑眯眯地对他说："你要不要再重新考虑一下？"

关琥不说话了，然后回了张燕铎同样一个笑脸，"原则这个问题嘛，其实都是可以商量的，做人最重要的是开心。"

"错，做人最开心的是看到敌人不开心。"

"是啊是啊，所以叶菲菲那家伙才会信口胡说我欠她钱。"

关琥随口说完，突然有种奇怪的预感，再联想到叶菲菲的个性，他就更确定了，转头看张燕铎，张燕铎点头说："我也在想，她特意提钢铁人还有还钱是什么意思。"

关琥打了个响指，用手机搜寻叶菲菲常玩的几个网站，不过没找到线索，这也难怪，如果那些人盯上他的话，应该也有追踪叶菲菲，叶菲菲要是有什么留言，他们一定会比他更早知道的。

"看下小魏的。"

相对来说，小魏的身份就不显眼多了，在那些人眼中，小魏最多就是个小店员，不过他在网上挺出名的，有不少追随的粉丝，所以他有自己的网站。

关琥在几个网站里转了一圈，找到了小魏上传文件的地方，他是作家，会常用到这个上传功能，不过阅读需要主人设定的密码，而且是八位数字。

他看了张燕铎一眼，问："我们要来赌赌看吗？如果我赢了，你以后不能再把我当奴仆使唤，反之我对你唯命是从……"

"XOS28000，钢铁人战衣的编号加金额。"

看了一眼手指已经放在了触屏上，却因为慢了一拍而目瞪口呆的关琥，张燕铎微笑说："发什么呆啊，快输进去看看有没有错。"

"张燕铎你耍诈，这密码明明是我先想到的……"

"是我先说出来的，愿赌服输，记得今后你要唯命是从。"

关琥没话说了，气呼呼地去戳触屏，如两人猜测的，文件顺利打开了，看着自动跳出来的文字跟画面，他叹道："我第一次有了成功却无法开心的感觉。"

"这种事习惯就好了，反正今后还会有很多的。"

听着张燕铎不咸不淡的安慰，关琥开始浏览里面的内容，文件很长，看讲话方式就知道是叶菲菲留的。

——老板，关王虎，我联络不到你们，只能把话留在这里，希望你们可以看到，凌云让我转告你们留意这个东西，它好像是盗墓用的，我猜应该是方向器，可以凭它找到消失的小岛，小岛上有那些人想要的东西，对了，据说它还是钥匙，可以开启宝藏的，所以有不少人因它丧命了，如果你们真要去探险，记得叫上我，小魏也希望叫上他，如果不行，至少要录下寻宝的全过程，帮他提供写文的素材。

洋洋洒洒的一番话写完后，最下面附了司南的照片，那是网络上随便哪里都能下载到的图片，还好有它，否则关琥完全抓不住叶菲菲说话的重点。

他看完后，又从头仔细地阅读了一遍，最后做出结论，"我觉得我跟菲菲无法复合了，智商就不在一条水平线上。"

"真没想到你会这样谦虚，别自卑弟弟，会这样想就证明你还有救。"

听了这话，关琥气得差点喷火。

他说智商低的那个是叶菲菲，总不可能是指他自己吧？他也是重案组里破获无数起要案的刑警，怎么就智商低了？

"那还真是对不起了，给你们大家拖后腿。"他冷笑道。

张燕铎没注意到关琥的不悦，嘴唇微动，咀嚼着那番话的意思，然后方向盘一转，把车停在某个便利店门口，对关琥说自己口渴了，让他去买水。

两人在一起久了，张燕铎越来越习惯了支使，关琥也越来越习惯了被支使，老实乖乖地下了车，去便利店里买了两瓶水。

东西买好，关琥出了便利店，准备上车，却发现车门被反锁了，他马上明白是怎么回事了，匆忙转到驾驶室那边，果然就看到张燕铎把眼镜摘了，靠在椅背上，手里拿着自己的手机，双目微阖，做出冥想的样子。

干，居然为了搜索记忆把他调开，还"拿"他的手机！

关琥一脚踹在了旁边的石凳上，如果不是担心影响到张燕铎思索，他这一脚会踹在车上，发泄似的转了两圈后，终究还是不放心张燕铎，又凑到车窗前注视他，还好张燕铎虽然皱着眉头，但没有像之前表现得那么痛苦。

又过了一会儿，张燕铎拿手机的手攥得更紧了，发出微微颤抖，关琥注意到他的喉结也上下起伏得厉害，正犹豫着要不要开口制止他，就见张燕铎睁开眼睛，靠着椅背大口喘起来。

在确定他没事后，关琥一巴掌拍在了车窗上。

车锁开了，关琥首先打开张燕铎这边的车门，就见他额头上渗出汗珠，脸上略带倦意，他二话没说，将矿泉水丢给张燕铎，然后转去自己那边坐下。

感觉到他的怒火，张燕铎的嘴角微微上翘，说："抱歉，我只是好奇，想知道……"

"你想做什么是你的自由，不用跟我说抱歉，而且我也没兴趣知道你想知道什么！"

"真不想知道？"张燕铎歪头看他。

关琥不说话了。

生气归生气，他对张燕铎的记忆还是很好奇的，尤其是他的记忆里还隐藏了司南的秘密。

张燕铎没等他回答，就直接说下去，"我不是故意支走你的，只是我在冥想时周围的人越少，集中力就越高，叶菲菲的留言提醒了我一些事，所以我想看看能不能启动封存的记忆。"

关琥没忍住，问："那有没有想到？"

"有，可惜不多。"

叶菲菲给了张燕铎提示——司南是方向器，更是钥匙，他隐约记得当时老家伙也说过类似的话，当然，小岛上没有宝藏，有的只是无数训练活人的仪器，试验室还有角斗场，不过对于不同的人，宝藏的定义也不同，对老家伙来说，他迫切想要拿到的宝藏又是什么？

张燕铎觉得自己已逐渐接触到了真相，但总在关键时刻差了一步，那段一闪即逝的景观里，隐约有道很大的铁门，不过画面晃得太快，让他无从捕捉。

手背被拍了拍，关琥已经消气了，安慰他道："慢慢想吧，也许在你不努力去想的时候，记忆会主动告诉你。"

"嗯。"

"现在司南到手了，时间不等人，我们要进行下一步的计划。"

与其说时间不等人，倒不如说是关琥不希望张燕铎总沉浸在自虐的回忆里，这是属于他独特的安慰人的方式，张燕铎的心情没来由地好起来，微笑说："对，要抢在吴钩之前动手，所以需要你出马了。"

"……"

"刚才说唯我是从的人是谁？"

"可是你耍……"

"那就这样决定了，放心，我会配合你，不会让你身陷囹圄的。"

"不是这个问题好吧……"

关琥的嘟囔声被淹没在了车辆的引擎声中，张燕铎加快了车速，无视他的抵触，将自己的计划说了，然后做出结论——下班后，趁警局里的人不多时动手。

于是，本次任务依旧没问关琥的意见，一边倒地决定了下来。

关琥已经习惯了张燕铎的霸道作风，反正遇到这种不讲理的人，不习惯也得习惯，他没再针对这件事做评论，而是问了另外一件事。

"我总觉得你还有其他事瞒着我，是我的错觉吗？"

"不是，有。"

喂，还真有啊！

关琥立刻问："是什么？"

看到他的不满，张燕铎扑哧一笑，"别这样，我早晚会告诉你的。"

"不会又像上次那样，等我快死了才说吧？"

张燕铎不说话，脸上笑吟吟的，一脸属于狐狸狡诈的表情，让关琥马上知道他不可能从对方口中问出任何真相。

晚餐时间过后，警局里开始换班，跟白天相比，晚上值班人员的人数明显减少。

江开手里拿了个便当，从外面晃晃悠悠地走进来，最近没有急案，重案组办公室里只有蒋玎珰在玩电脑，看到他，奇怪地问："你晚上不是有约会吗？怎么又回来了？"

"朋友……咳咳……爽约……咳…… "

江开咳嗽着说话，导致一句话有大半听不懂，蒋玎珰皱起眉，去倒了杯热水递给他，说："怎么就突然感冒了，不舒服还是早点回家吧，别死撑。"

"嗯嗯，吃了饭就走……咳…… "

江开话说到一半，又大声咳嗽起来，蒋玎珰怕被传染，给他倒了水后，就关了电脑匆匆离开了，把整个办公室留给了他一个人。

江开拿着水杯，却没有喝，而是靠在门口向外观望，在确定附近没熟人后，他快步出了办公室，匆匆往证物室走去。

"你的演技太糟糕了，不知道的还以为你得肺结核了。"

耳朵里传来张燕铎的声音，让当事人不爽起来，按着耳朵，说："那还真是对不起了，我没有哥哥你那么好的口技，可以中高低音各频道随意转换的，可是再好的演技有什么用，不出马还不是一样？"

"我的身材跟江开差得比较大，我对警局内部结构的了解也不如你。"

"啊哈。"难道不是因为你嫌戴面具不舒服吗？

在去证物室的途中，某人在心里愤愤不平地吐槽。

不错，这位长相、身材还有穿着一眼看过去都像是江开的人，其实是关琥扮演的，至于真正的江开，早在一下班，出了警局没多久就被他们劫持了。

在绑架这方面，关琥严重怀疑张燕铎也曾受过特训，他被安排在前面开着租来的车，就听到后面传来开车门的声音跟打招呼声，等他回头时，江开已经在车里了。

不知张燕铎用什么手段把江开弄晕了，又在他脸上喷了某种液体，等液体凝固后，就变成了神似他脸型的面具。

江开没多久就醒了，看到他们，马上挣扎起来，可惜他的手脚都被绑住了，嘴里也塞了东西，导致话无法顺利传达。

"我没有贩毒、绑架、杀人，没有做新闻里说的任何一件事，我是被陷害的。"关琥把车停在道边上，回头对他说。

江开用力点头，表示自己理解他。

"所以我要证明自己的清白，借你的脸用一下，为了不在日后给你造成麻烦，你在车里睡一觉，明早自己打电话报警。"

江开开始翻白眼了，可能想说身为警察，为什么他要报警？

"呜呜呜……"

他一边挣扎一边做出要发表意见的表示，虽然听不懂他在说什么，不过关琥能猜到一二，江开如果真怀疑他，当初就不会放水让他跑掉了，可是这种状况下，说太多反而会给江开惹来麻烦，所以江开现在的任务就是充当倒霉的绑票。

关琥给张燕铎使眼色，张燕铎抬手敲在江开的颈部，打晕了他，又在下车之前把他的手机放在旁边，以便他醒来后自己想办法报警。

两人回到原先的车上，张燕铎负责开车，给关琥提供乔装的时间，为了不引起怀疑，关琥穿的衣服也是特意照着江开的衣着样式购买的，他们两个人个头差不多，关琥对江开的一些细节小动作又很熟悉，所以他对自己乔装潜入警局还是颇有信心的，除了一点障碍，就是嗓音问题。

不过在跟蒋玎珰对话后，关琥摸到了技巧，胆子也变大了，连整天跟江开在一起的同事都没发现他有问题，更何况是不熟悉的人？

张燕铎说得对，要骗人，首先要对自己说的话有信心。

虽然这是歪理，但非常时期，关琥决定采纳他的建议，哼着小调绕着楼梯去了楼上，途中遇到几个同事，大家都是简单的点头经过。

路上都很顺利，谁知当关琥过了楼梯口，正要进走廊时，一抬头，居然看到萧白夜从某个房间走出来。

　　证物室这一层平时很少有人来，关琥没想到萧白夜会在，本能之下，他立即转了个身，重新躲回楼梯的过道里。

　　·还好萧白夜没有看到他，去了电梯前，关琥探头悄悄去看，就见他进了电梯，离开了。

　　为了保险起见，关琥在原地又等了一会儿，这才走过去。

　　他来到证物室门前，顺便朝旁边看了看，证物室的里侧还有几个房间，萧白夜是从最里面的房间出来的，也就是说他刚去过档案室。

　　照萧白夜的工作习惯，没有案子的时候，他会第一个下班，现在都这么晚了，他去档案室做什么？是闲得没事做，找旧档案来玩吗？

　　"怎么了？"张燕铎问。

　　"刚刚遇到萧白夜了，他好像刚去过档案室。"

　　其实关琥更担心萧白夜还去过证物室，如果萧白夜已经将真的磁勺调换了的话，那他们的行动就毫无意义了。

　　不过已经到门口了，担心也没用，他敲门走进去，掏出警察证，找了个确认证物的借口跟同事打了招呼，然后根据案发日期寻找，很快就在证物架上找到了司南。

　　司南的磁勺跟底盘分开收在证物袋里，东西近在眼前，偏偏同事跟在一边，让关琥没法动手，正着急着，外间的电话响了起来，趁同事跑去接电话，关琥迅速掏出手套戴上，打开证物袋，将一早准备好的磁勺跟袋子里的替换了，藏好后，又将证物放回到架子上。

　　一切都比预想的要顺利，做好后，关琥松了口气，整理了一下衣服，堂堂正正地走出去，张燕铎在对面笑道："就说不会有事的。"

　　"如果有事，我一定拖你下水，请放心。"

关琥从齿缝里挤出几个字，来到外面，管理证物室的同事不在，给了他安全离开的机会，他快步走出去，谁知同事正站在走廊上跟别人说话，而那个人居然是萧白夜。

这家伙居然又阴魂不散地回来了！

看到萧白夜，说不紧张是假的，虽然关琥知道自己顶着江开的脸，只要不近距离接触，是不太可能被发现的。

"江开，你怎么在这里？"看到他，萧白夜先开了口。

"我……咳咳，找点资料……咳咳……先走了……"

关琥边含糊说着边加快了脚步，证物室的同事似乎想追上来，被萧白夜叫住了，趁着他们聊天，关琥脚下生风，连电梯都没坐，直接顺着楼梯跑下去，又一路跑出了警局。

没人注意到关琥奇怪的举动，就在他要松口气的时候，旁边突然跑来一个人，跟他撞到了一起，那人说了声抱歉就匆忙跑掉了。

人行道灯光不是很亮，关琥连那人的样子都没看清，他只注意到车道对面的情况——张燕铎驾着黑色轿车停在那里，做出随时接应的状态。

关琥跑了过去，车门自动打开，等他上了车，张燕铎问："搞定了？"

"当然，也不看你弟弟是谁？"

关琥做了个马上离开的手势，轿车向前开动起来，在离开警局稍远后，他伸手掏上衣口袋，但随着掏动，他原本充满余裕的表情变了，紧张地低头看衣服，又快速地在上衣的几个口袋里依次翻找起来。

张燕铎瞥了他一眼，随口说："被人截和了？"

关琥用力点头。

"看来是故意撞你的那个人做的。"

"可惜我没看到他的长相，不过……"

前面的十字路口红灯亮了，张燕铎停下车，转头看他，关琥起先还是一副震惊的脸孔，逐渐的表情转成诡笑，嘴角翘起，一副计谋得逞的奸诈样子，然后手在空中晃了晃，仿佛变戏法似的，一个设计精巧的磁勺便出现在他的指间。

"当年我可是反扒队的精英，想从我身上偷东西，简直是异想天开。"

自诩没引起共鸣，信号灯变绿灯了，张燕铎转回头，默默地继续开车。

"真没趣，难得我表演一次，你配合些给点鼓励不行啊？"

"对不起，你这个反扒精英的头衔会让我在下次偷东西时发笑的。"

想起自己总是在不知不觉中被张燕铎"拿走"东西，关琥感觉自打脸了，他扯下面具，假咳了两声掩饰尴尬，再看看追踪显示器上多出的信号，说："看来扒手没有发现司南上的追踪器，我们要不要先去追踪他？"

"他跟老家伙不是一路的，追踪他反而会暴露我们的行踪，先看看情况再说。"

这次张燕铎买了很多窃听追踪器材，本着不用白不用的原则，他在假司南上也安了一个，虽然他对扒手那帮人的身份跟目的抱有好奇，但现在他还有更重要的事要做，他也不放心让关琥一个人搞跟踪，非常时期，他们两人分头行动弊大于利。

关琥没坚持，拿着磁勺在眼前翻来覆去地观赏。

磁勺大约三寸多长，比想象中要重一些，外表很普通，乍看去跟他们网购的那些没有不同，不过底部刻了一些弯弯曲曲的纹络，随着他的翻转在路灯下折射出不同颜色的光芒。

他检查着磁勺，说："有时候我真怀疑你是不是有预知力量，为什么你那么肯定会有人半路截和，所以让我提前准备了假货应付。"

"做事有备无患，不是很好吗？"

关琥注意观察张燕铎的表情，但张燕铎神色平淡，无法窥视出他的内心想法，关琥只好再问："那你能不能猜出萧白夜这么晚了还在证物室附近晃荡，是不是也为了调换这柄真勺子？"

"不是，"张燕铎很肯定地说："证物被抢走是他失职，偷取证物则是渎职，你说哪个罪名更重？在这方面他会掂量清楚的。"

"不过刚才他也算是帮我忙了，要不是他跟证物室的同事说话，我可能没办法这么轻松地脱身，这一点你没有提前预知到吧？"

听了关琥的话，张燕铎的嘴角微微上翘，说："很正常，我毕竟不是诸葛亮，不过在你冒险的时候，我查到了一些资料。"

他把手机递给关琥，手机画面是个男人照片，男人五十多岁，胡子拉碴，衣服也很旧，看起来一点都不起眼，关琥啊了一声，隐约记得在警局门口撞自己的人也是类似这样的气质。

"他叫林山木，是个惯偷，不过他偷的不是普通的东西，而是拥有极高价值的古玩名画，到目前为止他还没有失手过，所以身价很高，这名字应该是化名，但这个化名在同行中鼎鼎有名。"

"那要跟他说声抱歉了，让他屈尊偷一个穷人的东西，而且那东西还是赝品。"关琥嘲笑完，问："你是怎么查到他的？"

"他跟刘金合作过多次，顺便就查到了。"

"我是问你从哪里得到的情报。"

"拜托艾米查的，虽然那个女人信誉度不高，但情报网还是很强大的，比小柯好用。"

关琥在心里为小柯掬了一把同情的泪水，问："这又是什么时候的事？为什么我不知道？"

"在你呼呼的时候。"

把张燕铎的话总结一下就是——在关琥休息的时候，他联络艾米调查刘金等人，结果出人意料，刘金的工作性质跟艾米类似，虽然常常单干，但遇到棘手的案子时，也会配合同伙一起行动，他们自称五行，艾米就顺便将这个五行团伙的成员名单都报给张燕铎了，五行中有一个就是林山木，所以当林山木出现撞到关琥时，张燕铎就确定了他的身份。

"不知道吴钩会不会追上他那条线。"

关琥说完，就看到张燕铎脸上露出微笑，他恍然大悟，叫道："你在玩一石两鸟？"

"要不我何必让你买三套司南？"

也就是说张燕铎早就料到有人会半路抢劫，所以提前让他做好了被偷的准备，就是为了转移大家的注意力，祸水东引。

"其实我还发现了一件奇妙的事，你看一下艾米给的名册。"

关琥照张燕铎说的，滑动手机屏幕，看到除了刘金跟林山木以外，还有其他人的头像，第三个正是昨天扮成邮差跟踪萧白夜的人，他叫何圭，早年做钟表修理工作，精通各类精密器械的改造，第四个叫方河，是个三十多岁漂亮的女人，不用说，她擅长的是美人计跟下毒，特点是一对酒窝，还有右脸颊酒窝下方的美人痣。

关琥再往下翻，最后一个没有照片，只有文字，写道那人是电子机械工程师，对周易八卦颇有造诣，并擅长各种机关设计，所以刘金盗墓时常会找他搭档，此人经常改换名字，而且行踪不定，所以无法锁定他的相貌跟姓名。

"会是在刘金溺水现场出现的那个人吗？"关琥看张燕铎。

张燕铎默默点头。

"照他们五行小组的命名来看，最后一个该叫××火了，我们身边有叫××火的人吗？"

"你说萧炎吗？"

关琥收起了笑容，看着张燕铎说："这个笑话一点都不好笑。"

萧炎怎么说也是副处长，他就算渎职，也不可能跟盗贼蛇鼠一窝，而且他也不可能是学电子机械的，想到这里，关琥松了口气，他可不想在现实中遇到所谓的无间道。

张燕铎打断了他的胡思乱想，说："管他是谁，既然他在刘金的死亡现场出现了，就不可能藏很久，我们拿到了东西，他迟早会沉不住气，自动跑出来的。"

"那现在我们是要用真的磁勺引他们跟吴钩上钩吗？"

"不，我们要先拿到底盘，才有跟他们交涉的资本。"

张燕铎说着话，转动方向盘，将车转了个头，关琥看到他们行进的方向是萧白夜的公寓，有些惊讶。

"吴钩不会是藏在萧白夜的家里吧？"

"你的想象力真丰富，可以改行写小说了。"

除此之外，还有其他原因吗？

为了不被鄙视，关琥没有追问，反正萧白夜的公寓不远，张燕铎的目的是什么，他很快就会知道了。

从追踪器上的显示可以知道，萧白夜已经回到家了，他的车停在相同的车位上，旁边刚好是空位，张燕铎直接把车停在了那里，关琥本来想提醒说这里是住户专用位，乱停不太好，但是看看张燕铎雷厉风行的做派，他闭上了嘴。

张燕铎把上次关琥撬车用的一系列道具拿了出来，关琥还没明白过来，问："要换新的追踪器？"

"先开车门，就知道了。"

"看你这样子，好像是不会开，才一直让我做的吧？"

"时间不多，关琥，你准备在这里继续跟我讨论这个问题吗？"

只这一句话就轻易让关琥放弃了无聊的争辩，他转头看四周，在确定没人经过后，跳下车，迅速撬隔壁的车锁。

张燕铎把车停得很巧妙，这里刚好是监控器的死角，再加上一回生两回熟，关琥开锁的时间比上次更短，很快，他打开了车门，然后转头看张燕铎，等待指示。

张燕铎下了车，在萧白夜的驾驶座椅下摸了摸，下方配置着扁形收纳箱，他打开箱子的按钮，拿出里面的东西，接着又将自己手里的东西放了进去。

关琥站在一旁看得清楚，张燕铎交换的是两个完全相同的物品，一个是他们网购来的司南底盘，另一个底盘则是原先就放在座位收纳箱里的。

在确定自己没看错后，他张大了嘴巴，有些搞不清眼下的状况了。

张燕铎做完，迅速回到自己的车里，关琥回过神，也匆匆忙忙上了车，拿起张燕铎放在座位上的那个调换过来的司南底盘反复打量。

张燕铎把车开了起来，这次的目的地是他们的酒店，见关琥还一脸不可思议的样子，他笑了，"谢谢，你的反应是对我最大的赞美。"

"请别自以为是，我只是不太能理解你的行为。"关琥打量着手里的东西，问："你拿假司南跟萧白夜的那个调换是什么意思……不，在这之前，你怎么知道萧白夜的座位下有底盘的？"

"这个没有什么真假，端看哪个是老家伙需要的，现在你手里的这个大概就是他们想要的。"

"他们想要的那个不是早就被抢走了吗？在圆湖湖边，萧白夜刚拿到手，吴钩就出现横刀夺爱了。"

关琥记得很清楚，萧白夜从湖里取到的证物被吴钩抢走了，所以他只能把吴钩给自己的赝品放去证物室，关琥前不久还在证物室看到了赝品，所以这一个又是从哪冒出来的？

"你真的是在重案组做事的吗关琥？连萧白夜的小动作都没发现。"

看着关琥的表情愈加迷糊，张燕铎扑哧笑了，解释道："你仔细想想，那晚萧白夜拿到司南，从湖边回到车位，当中有段空白，他要做手脚的话，有很多机会，等吴钩出现威胁他时，真正的证物其实早被他调换了。"

"所以吴钩抢的是假的？萧白夜为什么这么做？如果证物没有被盗，为什么他不跟处长说，还主动揽下失职的罪名？"关琥越想越想不通，索性不想了，直接发问。

张燕铎叹了口气。

也许关琥在探案分析方面有他独特的见解跟能力，但他还不了解复杂的人性，所以注定了他这辈子只能在最基层奔波。

"萧白夜这样做自然有他的目的，这个我们暂且不讨论，不过他的'失职'本来就在上级的允许范围内，不会被追究，反而因此让他有机会藏下了真正的司南，他可以利用司南做更多的事。"

"那你又是怎么知道的？"

"猜的。"

"你觉得我会相信这个说法吗？"

"你相不相信，现在东西都在你手里，也就是说老家伙想要的司南的两大部分我们都拿到手了，接下来就是跟他谈判的时间了。"

关琥对张燕铎模棱两可的说法持极端怀疑的态度，直觉告诉他还有许多事张燕铎没有坦白，这种感觉让人很不舒服，尽管他知道张燕铎这样做并无恶意。

想了想，为了不让张燕铎为难，关琥决定也装糊涂，说："那我们先回去研究下好了。"

两人回到酒店，在前台的仍是那个胖女人，她正低着头吃奶油蛋糕，看到那个直径足有二十厘米的蛋糕，关琥很怀疑她怎么吃得下去。

"回来了？"女人边吃边跟他们打招呼。

关琥点点头，要了房间钥匙，转身就走，女人在后面扯着嗓子问："要吃宵夜吗？我们酒店的拉面很棒的。"

"不用了，谢谢。"

生怕女人再说一些尴尬的话题，关琥说完就加快脚步，逃开了她的视线。

两人回到房间，张燕铎锁了门，把司南拿出来，关琥拖过桌子，看着张燕铎小心翼翼地将两款司南的底盘跟磁勺并排摆好，由于司南的颜色跟花纹设计都极度相似，他有点分不清真伪了。

底盘上方很平滑，磁勺一起转的时候，嗡嗡声比较响亮，关琥起先还担心张燕铎受不了，但很快发现他没被影响到，眼睛盯着磁勺，仔细观察它们的动态。

左边那个转动了两圈后，很快就停下了，右边的转的圈数比较多，之后才逐渐慢下来，勺柄指在不同的地方。

关琥没有马上动，而是保持仔细观察的姿势，就见两款底盘上都刻着字符，内中外三圈上的字也类似。

不过关琥只认识字，其中的意思他完全不理解，只觉得任何东西，只要加上天干地支这类的文字，就会变得很神秘。

上次在降头事件中，他在鑫源酒家也见过这类的周易八卦图，看来大家都喜欢用这个来增加神秘感，实际上它可能一点意义都没有。

又过了一会儿，直到确定磁勺不会再动，关琥才抬起头来，说："我不知道老家伙想要的是哪个，但我确定这其中有一个是假货。"

张燕铎不说话，托了托眼镜，继续凝视的动作，透过薄薄的眼镜片看过去，关琥发现他的眼瞳异常深邃，随着眨眼，偶尔有亮光在瞳孔之间划过。

看来他也在思索这个问题。

关琥调出手机的指南针功能，晃了晃，指南针里的磁针开始转动起来，等停下后，关琥拿着手机跟司南对比，右边那款的指向跟指南针的接近，左边的指在了比较偏的地方。

他指着左边的说："这是假的。"

"这是刘金的遗物，"张燕铎抬起头，对他说："也是老家伙想要的那个。"

"他千方百计，只是想要个赝品？还是在我们下手之前，已经有人把真品跟赝品对调过了？"

"应该没有被调换过，"张燕铎沉吟着说："所以老家伙注重的并非司南自身的价值，而是它的其他用途，比如开启宝藏之门。"

这一点叶菲菲在留言里也提到过，但关琥还是觉得难以置信，问："难道你曾经待过的小岛上真有宝库？"

"我有说过，所谓的宝藏，未必是约定俗成的金银珠宝，也许对老家伙来说，那些试验用的数据库跟情报库才是真正的宝藏。"

"我不太明白天才跟变态的心理，不过可以理解。"

"但也不否认宝藏里有金条——试验需要大量的资金，黄金不贬值，老家伙很可能会储蓄黄金。"

关琥觉得这一点最有可能接近真相。

外面传来嘈杂声，打断了兄弟二人的对话，关琥侧耳倾听，就听声音由远及近地靠过来，貌似人数还不少，说话声很杂，听到有人提到警察，他立刻把手探到腰间，握住了枪柄。

张燕铎制止了他的轻举妄动，将司南收好，放进背包里，他刚整好，房门就被狂敲起来，关琥想去开门，张燕铎抢先他一步走过去，隔着门板，问："谁？"

"开门开门。"

对方不报名字，只是不断捶门，这做法更加重了紧张的气息，关琥站在张燕铎身后，手卡在腰间，以备假如有状况，可以随时出击。

张燕铎表现得比他冷静，伸手开了门。

门外站了四五个人，门一开他们就冲进来左右打量，像是在寻找什么，没等张燕铎发问，领头的那个抢先说："警察临检，请配合。"

警察什么时候这么狂了，三更半夜强行闯进客房里临检，是查色情还是查毒品啊？

关琥以前也是做小警察的，他们出任务可从来没这么夸张过，换了平时，他一定让对方出示证明，或是询问他们隶属的区域，不过现在为了不惹麻烦上身，只能忍住了，反正不管是查色情还是查毒品，他们都没有。

那些人自报家门后，就开始在房间里翻找起来，还好前台的胖女人及时跟了进来，对领队的说："哎呀呀，陈队长，这都是误会，这两个不是客人，是我的侄子，他们在这里帮忙做事的，就就近住着。"

领队听了她的话，皱眉问："你又是谁？"

"我？我就是这家酒店的老板娘啊，平时都是我老公在打理，这两天他回乡下了，我老公常提起你的……"

领队没去理会胖女人的唠唠叨叨，转头打量张燕铎跟关琥，胖女人又说："我们这家店开了好多年了，要说别的没有，信誉可是顶呱呱的，你又不是不知道，怎么可能窝藏罪犯呢？"

"什么罪犯？"关琥问。

胖女人抢着答了，"最近不是发生了好多案子嘛，所以治安管理也比较严，不过只是临检而已，不怕的不怕的。"

关琥跟她对话时，眼神一直没离开背包，看到领队走过去，像是要拿起背包看，他本能地要去阻止，被张燕铎用眼神拦住，还好领队最后没动那个包，在附近转了一圈，跟手下打招呼离开。

关琥松了口气，等他们都出去后，他跟胖女人小声道谢，胖女人冲他摆摆手。

看了一眼身旁那位手还放在门把上的家伙，关琥坐到对面的床上，小声说："警察怎么会突然来临检？是我们露马脚了？还是又出什么大案子了？"

"不像是针对我们来的，先休息吧，这事明天再说。"

时间很晚了，关琥听从张燕铎的建议，洗漱休息。张燕铎洗澡的时间比平时要长，等他出来，关琥躺在床上已半进入梦乡了。

对面的床头灯一直没关，关琥睡得迷迷糊糊，翻了个身，眯着眼看过去，就见张燕铎靠在床头写东西，他随口问："你还不睡？"

"马上就好，你先睡吧。"

"你不会又在玩什么寻找记忆回廊的事吧？"

"不是。"

究竟是不是，关琥没精力追究，跑了一天，他又困又累，打着哈欠翻了个身，继续睡觉，沉进梦乡之前他还交代张燕铎早点睡，但张燕铎是否有回应他，他完全不记得了。

第二天，关琥依旧是被敲醒的，他摸摸额头睁开眼睛，发现敲自己的仍然是枪管。

大哥永远都没有温柔叫……呃不，叫人起床的习惯。

神智还在半梦半醒之间徜徉，关琥的语言功能出现了暂时性的混乱，看到指向自己的枪口，他半闭着眼，应景地做出跟昨天一样的投降姿势。

"早上好，哥。"

"我很好，但有人不好，"张燕铎伸手拍打他的脸，把他叫醒，说："何圭死了。"

三秒钟内，关琥没想起何圭是谁，直到枪管再次敲到他头上，他才猛然清醒过来，从床上一个高蹦起来，失声叫道："何圭？金木水火土里有土的那个？就是……伪装成邮递员的那个？"

对面电视机里传来的声音回应了关琥的询问，他看过去，新闻刚好播到何圭的死亡现场——一个天桥的楼梯下方。

事故现场周围设置了禁止靠近的警戒线，几位警员在维持现场秩序，由于距离较远，警戒线里面的状况无法看清，关琥只能从迅速晃过的镜头里看到残留在地上的血迹，一名记者正在做直播采访，向电视机前的观众报道事故过程。

屏幕右上方显示出死者的身份证照片，跟何圭的资料吻合，他的确就是暗中跟踪萧白夜的人。

"难道是他的行踪被发现，所以被萧白夜灭口了？"关琥喃喃地说。

张燕铎沉吟不语，只是摇头。

"为什么你敢肯定不是萧白夜做的？"

"只是种直觉，他的死跟老家伙有关。"

连线播音员在现场解说这是一起意外事故，由于死者身上有很大的酒味，警方怀疑死者是因为醉酒，在经过天桥时失足摔下，导致头部受重创而死亡。

"这不可能是事故！"

还没听完，关琥就忍不住叫起来——何圭在乔装追踪萧白夜的消息，怎么可能大意地喝酒，还失足坠桥，这明显是谋杀！

他叫完后，看向张燕铎，两人同时想到了一个问题——刘金死了，接下来何圭也出事了，那昨晚偷走司南的那个人会怎样？

张燕铎拿起手机，关琥急忙凑过去看，就见追踪目标始终处于某个地点不动，从地图来看，他所在的区域很偏僻，附近的建筑楼房跟交通量都很稀少。

"马上出发。"

觉察到事情的严重性，关琥从床上滚下来，飞快地穿好衣服，背上背包，最后插上抢就要往外冲，被张燕铎拦住，说："先把脸洗干净。"

"可是……"关琥对张燕铎过度的冷静很不理解。

"他如果出事，早就出事了，也不差这几分钟。"

张燕铎的话有道理，关琥只好照做，去简单洗漱了，又套上胖面具，边套边往外走，随口问："这面具一直回收再利用，对皮肤没事的吧？"

张燕铎不说话。

关琥察言观色，点头道："看来是有事的。"

"等这件事结束后，我送你一大瓶护肤霜。"

"六亿的话，应该可以买很多了。"

两人说着话，脚步生风，连电梯都不等，直接顺着楼梯冲下去，胖女人刚好端着早餐过来，她嘴里嚼着葱油饼，看到他们，打招呼说："早餐做好了，要来一份吗？热热的葱油饼……"

话音未落，两个人已经跑没影了，她看着来回晃动的酒店大门，嘟曪："这么急，看来是出事了。"

第四章

车是张燕铎开的，理由是关琥的情绪太急躁，不适合开车。

这一点关琥承认，但没多久他就发现张燕铎不仅不急，还显得游刃有余，半路居然还停车跑去便利商店转了一圈，说去买早点，关琥还以为自己听错了，目瞪口呆地看着他跑进道边的便利商店，这才想到骂人——他们现在是要去找目标，不是郊游，买什么早点零食？

而且张燕铎进去的时间很长，就在关琥等不及想去抓人时，张燕铎才匆匆跑出来，折去门旁的邮筒前，将一封信丢了进去。

张燕铎的动作很快，关琥只隐约看到那是信件，不过现在这种状况寄什么信？有急事的话，直接网上联络不是更快？

等张燕铎上了车，他立刻就问："你给谁写的信？"

张燕铎笑了笑，将买来的面包跟矿泉水递给他，然后启动油门将车开了出去。

没得到答复，关琥打开塑胶袋，撕了块面包塞进嘴里，又再接再厉地问："什么信这么急，赶着在这时候寄？"

"情书。"

"咳咳，"关琥及时将送到嘴边的矿泉水瓶放了下来，以免被呛到，

"撒谎拜托经过大脑，你什么时候交女朋友了，我怎么不知道？"

"我有很多事你都不知道的。"

"那是因为你不说。"

"会说的，等一切问题都解决之后。"

张燕铎明显不想说，再逼他也没意思，关琥只好放弃了追问，吃着早餐看新闻，不过除了何圭坠桥之外，没有其他事件，看来江开没有报警，而是通过其他方式解决了问题。

这让关琥感到抱歉，希望事件解决后，有机会跟江开道歉，虽然上司不是好上司，但是在这一系列的事件中，他很感激向自己施予援手的同事们。

在一阵风驰电掣后，他们按照追踪器提供的方向，轻松追踪到了目标——一家早废弃的工厂外沿。

地图上标示着那是家化学工厂，关琥上网查了一下，发现工厂是因为污染事故而被迫关闭的，附近很荒凉，离得最近的居民区要开车走很久才能到达，道路就更偏僻了，大白天的几乎看不到有其他车辆经过。

如果藏身的话，这的确是个很理想的地方。

工厂大楼有五层，窗户玻璃几乎都碎掉了，墙壁上攀着枯黄的爬墙虎，院墙外的铁门上挂了铁锁链，锁链跟大门都铁锈斑斑，车还没靠近，关琥就看到了门上那个禁止进入的大警告牌。

院墙外高耸着枯黄的杂草，张燕铎将车停在不显眼的地方，下车时他又再次确认了追踪目标，目标红点仍在相同的地方不动，这状况有点不妙，他将自己预先设想的计划在脑海中演习了一遍，大踏步向院墙那边走去，又装作不经意地将车钥匙丢给了关琥。

关琥莫名其妙地接了钥匙，张燕铎不等他发问，快步走近院墙，抓住墙上的石块轻松跃了进去，关琥急忙跟上，攀墙跳进院子里。

院子里很静，偶尔响起风吹枝叶发出的哗哗声，两人一前一后进了工厂，又顺楼梯走上去，随着屏幕上的目标离他们越来越近，奇怪的声音传过来，呜呜咽咽的，像是痛苦的呼吸声，其中还夹杂着其他怪异的声响。

关琥摸出手枪，推枪上膛，做出随时出击的准备。

再往上走，声音变得更清晰了，不需要再看跟踪信号就能轻松找到目标，他们朝着响声发出的地方走过去，来到一个很陈旧的大房间里。

房间里原本摆放的器械都撤掉了，让里面显得很空旷，当中吊着一个人，声音正是从他口中传出来的，他双手被反绑在背后，脖子上扣了好几圈绳索，绳索的另一头穿过房梁固定住，可以保证他的脖子暂时不被勒到，但一旦绳索断掉，底部的扣结就会锁住，勒死吊着的人。

偏偏被吊的人双手反绑，身体悬空，所以不管他怎么挣扎都无济于事，听到脚步声，他转头看过来，嘴巴呜呜叫着，发出求救的信号。

关琥担心是陷阱，没有马上靠近，而是迅速观察周围的环境，房间类似仓库，天井非常高，四面还设置着铁架，铁架上原本是摆放研究器材的，现在全都撤空了，明明是白天，却因为这里背阴，导致房间很阴暗。

张燕铎走到被吊的人前面，那人嘴里塞了东西，因为不停挣扎，脸都憋红了，他就是昨晚偷司南的人，也就是名单里叫林山木的那个。

不远处的地上有个小背包，背包口松开，露出司南的底盘，至于磁勺，被甩在另一边，看来林山木是被人突袭，导致东西散落，偷袭他的人没拿走司南，也证明了对方知道他拿到的是假货。

看到两人靠近，林山木挣扎得更激烈，双腿在空中乱踢，求救的迫切心情十分明显，可是他吊得太高，别说放他下来，就算是扯掉塞在他嘴里的东西都不可能。

张燕铎仰头看吊绳，判断用枪射断绳索会不会给他造成危害，关琥则去检查他的背包，马上又跑了回来，紧张地说："找不到追踪器。"

追踪器安在盛放司南的袋子底部，但现在袋子存在，微型追踪器却不翼而飞，关琥看了眼显示器，红点仍在相同的地方，也就是说有人发现了追踪器，却没有销毁，而是将计就计，在这里等他们上钩。

想到这里，关琥暗叫不好，正要提醒张燕铎小心，一梭子子弹射在他眼前的地上，打断了他的话声。

对面铁架上传来熟悉的笑声，吴钩靠在栏杆上俯视他们，说："流星，要找到你们还真是不容易啊。"

话音未落，枪声再度响起，却是张燕铎将子弹射在了吴钩靠的栏杆上，铁栏杆被打到，嗡的震动声传来，吴钩皱皱眉头，不得不放弃倚靠。

张燕铎并没有失手，这只是单纯的警告，算是对吴钩朝关琥放冷枪的回应。

吴钩感觉到了，向后退开两步，笑道："你弟弟这副模样可真够搞笑的，他要吃多少才能肥成这样？"

"至少不是整容。"

这句话戳中了吴钩的忌讳，他脸上依旧挂着微笑，眼神却冷了下来，随即一道寒光从他袖口射出，直逼张燕铎的要害。

张燕铎跟吴钩认识多年，早知道他发招的习惯，在暗器射来同时挥手挡开，叮的一声，袖箭被他手腕上的利器荡去了一边，他顺势一甩手，将甩棍甩出，目视吴钩，做出应敌的气势。

关琥在旁边看得暗暗心惊，他跟随张燕铎征战过多次，也算是有点见识了，但还是跟不上他们出手的速度，袖箭远没有子弹快，却胜在出其不意，如果吴钩刚才是冲他来的，他一定躲不开。

想到这里除了吴钩还有其他敌人，关琥绷紧了神经，小声对张燕铎说："我们被算计了。"

"嗯。"

张燕铎的表情平静如常，受他的影响，关琥也很快镇定了下来，就听吴钩嘲讽道："苗疆一别，好像还没多久吧，没想到威风凛凛的探员先生现在变成了通缉犯，不得不乔装四处躲避，真是凄惨啊。"

关琥无视他的嘲笑，反问："你设下圈套把我们引来这里来，到底有什么目的？"

"说得真好笑，我只是在寻找司南，还以为捉到了这个老东西，就万事大吉了，谁知道不仅那东西是假的，还被装了跟踪器，于是我们只好来个将计就计，想看看是谁在从中作梗，真没想到会是你们，说起来也是个惊喜。"

张燕铎看了一眼那个还在挣扎个不停的家伙，问："司南到底有什么作用？"

"这个你要自己去问老头子，我的任务是拿到真正的司南。"

吴钩说着话，向张燕铎伸出手来，见张燕铎无动于衷，他摇摇头，"唉，大家朋友一场，为什么非要为一点小事就兵戎相见呢。"

"上次没有摔死你们，我觉得我的确没有尽到朋友的责任。"

听着张燕铎一板一眼的回复，关琥差点喷出来，不由自主地瞥瞥他，很想问——说得这么直接，你还好吧？

吴钩没开口，倒是其他人沉不住气了，噪音从铁架的另一头传来，却是本，他手持冲锋枪，将枪管搭在铁架上，对准张燕铎跟关琥，喝道："跟他们说那么多废话干什么？不想死的话，就赶紧把东西交出来！"

"让我交？"张燕铎对他的态度比对吴钩更差，微笑问："就凭你这个没了枪就不敢动手的胆小鬼？"

看着本瞬间阴沉下来的脸庞，关琥突然觉得他们讨厌张燕铎也是可以理解的。

枪声打断了关琥的吐槽，一梭子子弹射过来，他急忙就地翻滚，避开了射击圈，躲去旁边的柱子后，张燕铎闪身避到另一边的柱后，林山木就没那么幸运了，被打得像是筛子一样抖起来，哀号连连。

眼看着他人受害，关琥忍不住了，从柱子后探出手枪，凭直觉朝本所站的地方开枪，但连开几枪都没有击中目标，反而被对方的火力逼得不得不又退回到柱后。

原来铁架子上除了本以外，还有其他持枪射击的同伙，大家一边开枪一边从上面跳下来，子弹不断射在墙壁跟柱子上，发出密集的响声，根本不给他们反击的机会。

关琥被弹起的灰尘呛得咳嗽起来，忍不住嘟囔道："靠，火力太猛了，子弹不花钱的啊。"

回应他的是再次射来的子弹，对面的窗户被打破了，玻璃落在地上，外面的光芒透进来，让空间亮堂了许多。

关琥看看窗户。

敌我双方火力相差悬殊，还是三十六计比较聪明，他正考虑从这里跳下去的可能性，忽然感觉左手有黏稠感，低头一看，手心竟然沾满了血迹——他胳膊中弹，可能由于太紧张，他居然没感到疼痛，更不了解伤口的状况，但出血很重，血液顺着手臂上不断地流下来，把整个左手都染红了。

真是个糟糕的开始。

发现自己受了伤，关琥有些急躁，敌人在陆续逼近，他没时间去理会伤口，转头看张燕铎，刚好张燕铎也看过来，然后眉头皱起，问："受伤了？"

"只是小擦伤。"为了不让对方担心，关琥故作轻松地说。

张燕铎阴沉着脸不说话，而后将眼镜摘了，随手甩到一边。

这动作不会是……要拼命吧？

关琥的脑子里刚升起这个念头，就见张燕铎已经迎着子弹冲了出去，动若脱兔，根本不给他阻止的机会，关琥气得牙根直咬，也只能紧随在后一起冲出。

张燕铎已把甩棍收了起来，换成手枪，他双手持枪，面向前面的敌人同时扣扳机，就听子弹声不断传来，对面的人陆续倒下，有些侥幸避开的，被他用脚踢出去，脚力凶猛，直击要害，瞬间就让对方失去了反击的能力。

转眼间双方就已是咫尺的距离，近距离搏斗，手枪起不了作用，张燕铎直接扔掉了，改换甩棍，双手一左一右持棍同时打出，将靠近的敌人打趴下，关琥在后面为他作掩护，看到有人抬枪指过来，他就抢先开枪解决掉对方。

就在双方火拼的时候，吊着林山木的几道绳子都被打断了，他跌了下来，趴在地上动了动，幸好身上穿了特制的服装，所以外衣虽然被射穿了几个洞，却没有伤到要害，只有小腿被子弹擦伤，还好不妨碍跑路。

趁着没人注意，林山木滚到墙角，挣扎着将反绑的绳索扯开，然后摸着墙边跌跌撞撞地往外跑。

有人看到了林山木逃窜，不过因为张燕铎的攻势太猛，没闲暇理睬他，这时围攻张燕铎的人已被他伤了大半，吴钩见状，从上面跃了下来，笑道："真是兄弟同心，其利断金啊。"

话音刚落，一具躯体就朝他飞了过去，吴钩闪身躲开，任由那人摔去一边，他转头看看张燕铎，说："你火气太大了。"

这次回应他的是踢来的手枪，张燕铎正在对付本，所以就顺脚将本的枪当暗器踢向他。

吴钩用红笔挑住枪把，凌空转了一圈握在手中，指向关琥，但关琥冲过来的速度比他预计的要快，抢先射来几枪，不给他扣扳机的机会。

这边本也有些吃力，他的拳脚功夫不如射击，失去了手枪，被张燕铎迅疾的拳脚打得连连后退，张燕铎跟关琥兄弟二人并肩对敌，眼看着逐渐占了上风，铁架上传来脚步声，一些全副武装的人将他们围住了，抬枪对准他们，做出随时开枪的准备。

看到这情景，关琥一愣，吴钩趁机将红笔拉开，当软剑向他刺去，微笑道："你不会以为我们就带了几个人来吧？"

关琥的子弹打完了，用他那只没受伤的手跟吴钩抵抗，冷笑道："我只是没想到你们丢了六亿，还有这么多钱雇人。"

"还有很多你想不到的事情呢。"

吴钩嘴上说笑着，下手却毫不含糊，一管细长的红笔甩得狠辣凌厉，瞬间就在关琥的胸前跟手臂上留下了数道伤痕，幸好张燕铎及时赶来，用甩棍荡开了他的红笔，顺便还一棍子敲在吴钩的胳膊上。

吴钩的痛感神经失调，感觉不到疼痛，但这棍子导致他短时间无法抬起手臂，喘着气冲张燕铎笑道："护短成你这样，也真是过了。"

张燕铎阴沉着脸不说话，眼看着铁架上那些人抬枪就要射击，他先发制人，将随身携带的东西掏出来甩了过去，顿时四周腾起白烟，刺激性的气味散开，让众人顿时泪涕横流，不得不捂住口鼻招架。

张燕铎趁机拉住关琥就跑，就听身后传来几声枪响，却因为无法锁住目标，导致射空，两人头也不回地跑出了大房间，来到走廊上，谁知走廊上居然也有人，看到他们，立刻举枪。

关琥飞脚踢在敌人的手腕上，张燕铎紧跟着打在他的头部，那人凌空翻了个身，卡在楼梯扶手上不动了。

走廊下方陆续传来脚步声，证明援兵马上就赶到了，张燕铎的眼眸扫过关琥的伤口，对他说："你先走。"

"要走一起走！"

"你受了伤，留下只会拖累我。"

"不会！"

"林山木逃了，他可能知道内情，你要抓住他。"

"抓人的事回头再说，总之我不会走！"

说话间，追兵已经冲了上来，张燕铎掏出预备的手枪，将他一枪放倒，回头见关琥一脸因为被嫌弃而受伤的表情，他有些无奈，只好软下语气说："我跟吴钩交手很多年，知道怎么对付他们，可是你在的话，会让我分神，而且司南在你的背包里，如果万一我们被抓，东西被抢走，我们就没有筹码跟他们谈判了。"

"可是……"

"你放心，我一个人，更容易逃脱，你先走，三小时后我们在酒店会合。"

"可是……"

虽然张燕铎说得都有道理，但他就是无法容忍这种关键时刻丢开搭档的行为。

可是关琥的口才没有张燕铎的好，张燕铎也不给他辩驳的机会，挥拳将冲过来的敌人打趴下，又对他说："你是要我求你吗关琥？"

似笑非笑的目光投来，映衬着张燕铎脸上溅到的血滴，给关琥一种看到地狱恶鬼的错觉，偏偏他不觉得这个恶鬼很坏，反而被他噬血的气势压倒了，眼看着敌人越来越多，他点点头，说："我去抓林山木，酒店见。"

张燕铎点点头，关琥又将自己的手枪塞给他，趁张燕铎对付敌人，他掏出铁爪扣在窗台上，在跳下去之前，又交代道："我等你！"

"不见不散。"

轻语随着敌人的惨叫声一起传来，带着主人游刃有余的心情，这让关琥稍微放下心，一咬牙，抓住铁爪滑索的一头，撞开窗户，跳了出去。

看到关琥离开，张燕铎脸上的微笑收敛了，转头目视不断涌上来的敌人，他挥起甩棍，大踏步走上前，将甩棍毫不留情地劈了过去。

刘萧何雇的人固然凶狠，却不敌张燕铎的彪悍，没多久围攻的人就被他接连打倒在地，直到吴钩跟本追上来。

看到张燕铎脸上身上溅到的血点，吴钩的眉头挑了挑，本却露出兴奋的表情，命人将枪口一齐对准他，喝道："你再不住手，就死定了！"

张燕铎停下手，看着一排黑压压的枪管对准自己，他将甩棍丢开了。

近前一个人见有机可乘，立刻向他偷袭，眼看着他的军靴就要踢中张燕铎的小腹，张燕铎向旁边微微侧身，同时一拳捣在他的肋下，就听骨头碎裂声响起，那人像虾米似的弓起身缩到了地上。

当着众人的面，张燕铎举起手，将手指虎撸下来丢到一边，微笑说："这个还没来得及摘，他太性急了。"

本的眼中闪过凶光，大踏步走过去，冲张燕铎挥起拳头，张燕铎没躲，就在拳头即将落下时，吴钩咳嗽了一声，慢声细语地说："老头子说让我们请流星过去。"

"打一拳又打不死。"

"你打死了倒也干净，就怕打得半死不活，回头他在老头子面前说什么，"吴钩笑吟吟地说："说你也就罢了，要是连累到我，那就没趣了。"

听了他的话，本脸上的肌肉抽动了两下，最后悻悻地放下了拳头，吴钩跟着走过去，对张燕铎说："真没想到你没有逃，刚才你明明有机会的。"

"我从来就没想过要逃。"

"喔？"

"我知道你们对司南感兴趣，碰巧我也感兴趣，所以也许我们可以谈谈。"

"你吞掉六亿赎金，害得我们差点坠机的时候，可没想过要谈谈。"

这话是本说的，张燕铎回复他一个不屑的眼神，"不这样做，老头子怎么会明白我有跟他合作的资本？"

"资本？"

张燕铎拿下背包，从里面掏出司南，亮到了他们面前。

"你们费尽心思在这里钓鱼，不就是为了拿到真正的司南吗？"

关琥借着铁爪，在墙壁外几下跳跃，顺利落到了地上，又沿着来时的路翻墙跳到了外面。

工厂围墙外有几个吴钩带来的手下，不过那些人都围在关琥的车前，没注意他的出现，他趁机冲上前一阵挥打，将那几个人撂倒在地，再抬头看车里，这才明白是怎么回事——林山木坐在驾驶座上，一副惊慌失措的模样，脸上血迹斑斑，分外狼狈。

看到关琥突然出现，他大叫一声，踩下了油门。

轿车飞快地向前冲去，关琥猝不及防，差点被甩倒，他急忙跟着轿车往前跑，车门被林山木在里面锁死了，他开枪将车窗打碎，借着惯性冲进了车里。

林山木再次发出叫喊，一只手抓住方向盘，另一只手向关琥挥打，试图阻止他的靠近，但他的攻击怎么能跟关琥相比？被关琥一拳头打中头部，瞬间失去了战斗力，歪在椅背上不动弹了。

但林山木暂时失去知觉，脚却踩在油门踏板上，随着他身体的不断下滑，车速转眼间达到了高峰，眼看着车头左拐右拐，马上就要撞到院墙了，关琥急了，靠上前，双手握住方向盘往另一边用力转，总算及时将车头转开了。

危险暂时避开，关琥却不敢大意，一手握方向盘，另一只手落下椅背，抓住林山木的衣服向后扯，林山木就在半昏迷的状态中滑去了后面，关琥又把腿伸过去，勉强踩住了刹车踏板，在顺利控制了轿车的速度后，才挪去驾驶座上坐好，将车迅速开了出去。

"小偷了不起啊，敢偷警察的车。"

关琥坐稳后，发现方向盘下的火线都被扯出来了，可惜林山木已经晕了，否则他一定会再打晕他一次的。

逃脱行动比想象中要顺利，开着车，关琥开始考虑要不要回去接应张燕铎，但又想到张燕铎的叮嘱——假如他已找到了逃生的办法，自己这时候折回去，万一跟他错过，那就糟了。

所以想来想去，最后关琥决定还是照张燕铎的交代去做，正如他所说的，自己受了伤，在他身边，反而会连累他。

说到受伤，关琥想起了手臂上的伤口，低头一看，血还在流，导致车座跟方向盘都被染红了，最初的紧张感松缓下来，疼痛慢慢出现，伤口周围火辣辣的痛，衣袖也湿漉漉的，光看洇湿的程度，就知道出血量有多重了。

关琥咬着牙，又往前开了一会儿，把车停在道边，找出手绢，将手绢缠在伤口上用力系紧，但血马上又溢了出来，并且更显眼，他左右看看，找到张燕铎放在车上的黑色外套，将背包放下，套上外套，让被血沾到的地方不会太显眼。

车重新开动起来，向着酒店的方向。

伤口被包扎后，血没像之前流得那么厉害，关琥加快了车速，在开到一个十字路口时，他听到后面传来呻吟声，林山木醒过来了，慢慢爬起来，看了看他，突然扑过来掐住他的脖子。

关琥早就防备，身子往旁边一闪，躲过攻击，然后一拳头挥过去，林山木的脑袋被打到，叫了一声，趴到了副驾驶座的椅背上。

关琥一只手握着方向盘，另一只手抓住林山木的外衣下摆往上一掀，顺着他的头部将衣服扯到他的胸前，既挡住了他的视线，同时又限制了他的行动，然后将他推去后面。

林山木就这样卡在了前后排的车座之间动弹不了，只能发出一些叫痛跟骂人的声音，关琥开着车，用手指当枪，顶在他的脑门上，警告道："不想被爆头，就闭嘴。"

林山木的脸被挡住，真以为那是枪，他无法反抗，只好闭了嘴，关琥问："为什么你要偷司南？"

"什么司南？不知道。"

"司南就放在你被吊着的地方，你不要告诉我你不知道那是什么。"

"不知……"

关琥加重了手劲，狠狠顶住他的脑袋，喝道："别挑衅我的耐性，我刚才杀了很多人，不在乎再多你一个。"

"你要杀我，我说了你也会杀。"

"至少不会虐杀，还是你想再尝尝被吊在大梁上等死的滋味？"

车里有短暂的沉默，关琥猜想林山木在考虑眼下的情况，他也不急着催促，开着车，故意慢悠悠地说："其实我是和平主义者，除非对方先动手，否则我不会乱杀人，你的同伙已经死了两个，如果你不想成为第三个，最好还是选择跟我合作。"

在一番血腥厮杀后，这句话的前半部分很没有说服力，但后半段的效果很大，林山木吃惊地叫道："你知道他们？"

"就玩五行的那几个呗，我说，那司南到底是可以带你们找到宝藏，还是可以开启宝藏大门，弄得你们要自相残杀？"

他故意用了引导式的说法，林山木果然上钩了，说："不是我们自相残杀，是有人要杀我们。"

"谁？"

"……就是引你们上钩的那些人。"

以刑警的直觉来判断，关琥觉得林山木没有说实话，不过他没有捅破，说："那些人可不好得罪啊，为了点钱把命送上，不值得。"

"就算不动手，还是会被找上的，奇怪……他们怎么会知道我们的行踪？"

林山木自言自语，好像不明白为什么会被吴钩跟踪，说："那东西是否能找到宝藏我不知道，但我的一个朋友曾帮那些人做过设计，设计图大概跟司南有关系，所以看到同伴死亡，司南也出现了，我感觉到了危险，想抢先找到司南，化被动为主动。"

"那你是怎么盯上我们的？"

"何圭在跟踪条子时发现了你们，我们本来怀疑是你们杀了刘金，所以就来了个反跟踪，在你去警局得手后，我就半路把东西偷了过来，啧啧，没想到居然是假货，还被那帮人抓住了。"

"你有看到是谁杀何圭的吗？"

"这个……没有，不过我被抓了，证明我们的行踪都被掌握了，何圭也难逃毒手。"

他回答得有些迟疑，关琥不知道他是在拖延时间，还是另有内幕却故意不说，问："昨晚你被抓住后，那些人有问你什么？"

"什么都没问就把我吊了起来，我可真够倒霉的，刚得手就被抓了，还堵住我的嘴吊了我一夜，幸好我提前穿了避弹衣，否则我早被打死了，他们说那东西是假的，我居然为了个假货差点死掉！"

假如林山木没撒谎的话，那不管是他还是自己跟张燕铎，都可能都早就处于被监视的状态下，其实在追踪司南的过程中，他偶尔也会想他们有没有被跟踪，但每次都觉得是自己想多了——假如他们被跟踪，以张燕铎的机警，应该第一时间就会发现了吧？

但林山木的话让关琥对自己的判断产生了怀疑，难道老家伙在发现他们后，一直没动手，是希望通过他们的力量拿到司南？或是还有其他的原因？

联系最近的种种经历，关琥越想越觉得不对，他感觉被算计了，但一时间又抓不到阴谋的重点跟中心，眼看着车跑进了繁华街道，车辆跟行人越来越多，他心头的疑团更大了，问林山木，"你们那个叫火跟水的同伙在哪里？"

"谁知道他们在哪里？我们除了有行动外，很少碰面的，这几年就更不多了，王火那混蛋据说去山沟里开酒店，金盆洗手了，根本找不到。"

"还有个女的呢？"

"不、不知道，大概也找人嫁了吧，女人根本不可靠。"

林山木的话真真假假，很难相信，关琥还要再问，他们住的酒店已近在眼前了，街道两旁都是小店铺，顾客三三两两地站在店前聊天，看到他们，关琥的神经立刻绷紧了——这些人不是顾客，而是警察便衣，他也经常这样出来查案的，对方是不是同行，一眼就认出来了。

这里居然埋伏了警察！

发现这一状况后，关琥首先想到的是他们的行踪暴露了，为了防止林山木叫嚷，他伸手劈在林山木的脖颈上，把他弄晕，又放慢车速，打量周围的环境，寻找可以掉头离开的出口。

谁知那些便衣已经注意到了他，有人匆匆走过来，其中一个关琥认识，就是昨晚去酒店查房的领队。

这时候如果突然倒车跑路，只会更显眼，而且街道过窄，很难顺利逃脱，关琥在瞬间做出了决定——在对方的示意下踩住了刹车，又扫了一眼车里的情况。

林山木横躺在车座下方，不易被发现，糟糕的是车上的血迹，还好他身上套了黑色外套，比较容易蒙混过关。

关琥拿过背包，盖在有血迹的地方，将车窗稍稍落下，希望可以在有色玻璃的遮掩下蒙混过关，主动对领队打招呼说："警官，这么巧？你们都在这里，是出了什么事吗？"

领队没回答他的话，上下打量他，看到他狐疑的表情，关琥的心猛跳起来，突然想到在一番激战后，自己脸上一定也沾了血迹，但匆忙中他忘记抹去了。

果然，领队的目光落在他脸上，问："你的脸怎么了？"

"哦，刚才去买东西……"

关琥正在心里努力寻找可以让人信服的借口，就听大嗓门传过来，那个胖胖的老板娘从酒店里跑出来，手里拿了个吃了一半的冰激凌，嘴角还沾着冰激凌沫，边跑边用冰激凌指着他骂："你怎么才回来啊？我的东西等着下锅呢，再迟点，客人们就吃不到晚饭了。"

她骂完，不等关琥解释，又对领队笑道："陈队长，都怪这附近又出事故，害得你们没法休息，真是辛苦了，要进去喝杯茶吗？我们家有免费的下午茶跟冷饮提供。"

这么冷的天吃冷饮？

不知是不是失血过多的原因，看着那个冰激凌，关琥觉得头有点晕。

领队拒绝了，看看关琥，还想问话，胖女人又说："这家伙大清早就跟他哥哥干架，把脸都打破了，我让他去买食材，他也混到现在才回来……你还不赶紧把菜送去后面，耽误了晚饭，我照扣你薪水，小兔崽子。"

她最后一句是对关琥说的，一边说一边冲他连连摆手，催促他离开。

关琥趁着她拉着领队说话，急忙照她的指点，顺着酒店一侧的小胡同把车开去了后面，停下来等了一会儿，见那帮便衣没跟过来，他这才松了口气。

幸好有老板娘帮忙，否则这次真不容易脱身。

回想刚才的状况，关琥不由得抹了把虚汗，有点后悔跟张燕铎约在酒店见了，不管那些便衣出现在这里是什么原因，都代表这里很危险。

他掏出手机想给张燕铎留言，话还没送出，就看到胖女人从对面急匆匆地跑过来，一口气跑到车前，打量着他，小声问："你们在搞什么呀，弄得这么狼狈？"

胖女人帮了他几次，关琥潜意识里对她比较信任，不过再怎么信任，他也不敢将真相说出来，支吾说："出了点小事，被打劫……"

"你哥没事吧？"

"还……好。"

"别说废话了，先跟我进去擦擦血。"

胖女人说完就走，关琥犹豫了一下，掉头看看后面，林山木还一动不动地缩在车座之间，看来是还没醒。

为了安全起见，关琥将林山木的衣服一角塞进了他嘴里，又抽下他的腰带，将他的双手绑住了，最后再在上面盖了两块坐垫，一切都伪装好后，这才拿了背包下车，从胖女人打开的后门里进了酒店。

胖女人去了厨房，关琥本来还担心厨房有其他人，进去后却发现里面很空，只有餐桌上摆放的各种点心，胖女人拿起吃了一半的面包塞到嘴里，又冲关琥指指那些食物，问他要不要吃，关琥完全没胃口，摇了摇头。

一块湿毛巾丢给他，关琥接过来准备擦脸，抬手时发现胳膊木木的，伤口的痛劲过去了，有些麻胀，使不上太大的力气，凭经验，他猜想子弹可能卡在里面了。

真是够糟糕的状况。

关琥看看手里的湿毛巾，光凭这条毛巾，连擦手上的血都不够用，他想找个借口回房间，却见胖女人扭动着屁股去了隔壁，声音从隔壁传过来，"看你受伤不轻，我先帮你找纱布跟红药水。"

嗯，他这个状况，大概红药水是不管用的。

不过纱布可以用上，所以关琥没有马上离开，他去盥洗盆前，撸起衣袖，将小臂跟手上的血清洗了，又用湿毛巾擦拭。

但这一路上使力太多，没多久血又流了下来，他只好直接将湿毛巾系在了手腕上，免得血滴到地板上，惹老板娘怀疑。

胖女人很快就回来了，手里拿了个印着十字标记的小药箱，放到桌上，又顺便倒了杯白开水给关琥。

关琥道了谢，装作没事人似的把受伤的左臂侧开，用右手接过水杯。

胖女人没有注意他的小动作，打开药箱，翻找着里面的药物，说："当初你们来住店，我就看出你们是惹事的主儿，没想到还真让我说对了，那边发生的人命案不是你们搞出来的吧？"

"什么人命案？"

这位大姐根本不会看人，他跟张燕铎站一起，怎么看都是兄弟嘛。

"就是隔几条街的天桥上出的事，昨晚有人从上面滚下来摔死了，所以警察们才会在这边问来问去，烦死了。"

"天桥？是那个醉汉失足摔死的事？"关琥震惊了。

要说再怎么巧合，也不可能一晚上发生两起坠死事件，但关琥万万没料到何圭的死亡现场就在酒店附近，新闻里报道了地名，但他对这边不熟，没多在意，张燕铎也没提，开车离开时沿途也没看到警察……

从早上醒来到他们去追踪林山木的过程瞬间划过关琥的脑海，他突然明白是怎么回事了，张燕铎绕路了，他特意绕开了事故现场，并且完全没跟自己提起！

可是他为什么要特意绕开？就为了顺路跑去便利商店买早餐吗？

答案当然是否定的，最大的可能是张燕铎根本没把何圭之死放在心上，他当时的主要目标是追踪林山木……不对，也许他真正要追踪的人是吴钩……

这个结果推理出来，把关琥吓到了，他急忙深呼吸，让自己保持冷静，继续往下想，可是思绪被打断了，胖女人拿着药膏跟纱布剪子走到他面前，问："伤到哪里了？让我看看。"

"不，不用。"关琥向后退开一步，做出回避。

突然想到的真相让他的心情有些乱，手臂上的伤反而不重要了，将杯里的水一口气灌了下去，放下杯子，随口说："东西给我就行了，我回房间自己弄。"

"你一个人行吗？你哥呢？他去哪里了？"

"他很快就会回来。"

说着话，关琥下意识地抬起手腕看表，却发现不知什么时候表壳碎掉了。

他跟胖女人借了药箱，胖女人没坚持，将药膏纱布丢回药箱里，把药箱推给他。

关琥拿了箱子，再去拿背包时感到很吃力，这次不仅左手使不上劲，连右手也提不起力气，不知是不是流血过多，他眼前开始眩晕。

为了不惹人怀疑，关琥坚持拿起了背包，可是不适感更重了，他站不稳，不由自主地靠在了餐桌旁。

胖女人打量着他的脸色，忽然问："看你这种出血量，不是普通的伤吧，要去医院吗？"

"不用，没事。"

"还说没事，你看你站都站不稳了。"

胖女人拿了把椅子过来，硬是拉着关琥坐下，关琥很想拒绝，但是不适感越来越强烈，只能任她摆布，谁知胖女人扶他坐下后，竟然顺手拿走了他的背包。

关琥的脑袋昏沉沉的，等他发现背包被拿走时，胖女人已经将背包口的绳带解开了，看到她拿出了司南，关琥大惊，叫道："不要动我的东西！"

他站起来，冲过去想抢司南，却脚下无力，刚往前迈了一步就跌倒了，胖女人没理他，摆弄着司南，问："你们就是为了这东西拼命对吧？你把它拿到了手，就把你哥杀了？"

如果到这时候，还不明白胖女人别有居心，那关琥这些年的刑警算是白做了，他知道不好，挣扎着想爬起来，却再次跌倒，脑袋晕眩得更厉害，这已不是单纯出血导致的，而是胖女人给他的那杯水有问题！

"你给我喝了什么？"他挣扎着问道。

"放心，不是毒药。"

女人随口说着，眼睛不离手里的司南，肥胖的手指在铜器上来回摩挲着，小心翼翼的样子，仿佛怕把它弄坏似的。

"你……你到底是什么人？想干什么？"

胖女人的目的已经很明显了，关琥其实想问其他更重要的事，可是大脑越来混沌，脑中一片空白，什么都想不起来，唯一的感觉是他现在很危险，所以用力摇头，让自己保持清醒，又努力想站起来。

但是很可惜，他的努力只维持了几秒，就再次跌回地上，左臂的伤口被撞到，疼得不由自主嘶了口气。

"你还真有毅力。"

胖女人检查完司南，把目光移到关琥身上，发现他还在挣扎，走过去一脚踹在他的肩膀上。

关琥没有力气反抗，被踹得仰面躺到了地上，神智再次恍惚起来，看着天花板，发现连天花板也变得模糊不清。

"我们盯你很久了，一个被通缉的小警察，不去逃命，还想来跟我们争钱，死了也活该，不知你哥是不是已经死了，死了更好，倒不用费我们的工夫……啊，好饿，先吃点东西再说……木头那家伙呢……"

稀里哗啦的声音传来，女人开始翻找食物，之后她好像还说了很多话，话声传进关琥的耳朵里，却无法进入他的大脑，神智飘飘忽忽的，只觉得意识离自己越来越远，天花板的颜色也逐渐变淡，像是在慢慢落幕，最终从他的视线里消失。

第五章

不知过了多久，话声再次充斥进关琥的耳朵，他微微晃了一下头，首先的感觉是听力恢复了，随后声音逐渐变得清晰起来，那仍是胖女人的说话声，仿佛从他昏迷到清醒只是瞬间的经历。

"可恶，都是王火那家伙搞出这么多事，他却不知道去了哪里，你说这东西真能找到宝藏吗？我们已经死了两个人，这笔生意值不值得豁出命去干……"

拜女人的唠叨所赐，关琥的神智逐渐恢复了，他努力睁开眼，随即被射来的灯光晃到了，眼皮微微颤了颤，阖上又睁开，这个动作重复了数次后，他才终于完全睁开了眼睛。

"这家伙醒了。"

男人的声音响起，随即一张消瘦的脸凑到关琥面前，由于凑得太近，关琥突然之间没看出他是谁，随着男人的后退，他才看清对方的长相，不由自主地叹了口气。

原来林山木跟这个女人是一伙的，他真是太蠢，居然没想到……

踢踏踢踏的脚步声传过来，胖女人走到了关琥面前，手里拿了根香肠不断往嘴里塞，她看了关琥一眼，将另一只手里拿的杯子朝他泼过来。

杯里的凉水泼到了关琥的脸上，成功地将他激醒了，但为了降低对方的警惕，他依旧眯着眼睛，做出迷糊的样子，动了动身体，发现手脚都被绑住了，双手还是反绑的状态，并且绑得很结实，身体不像昏迷前那么虚弱，但要靠手劲挣断绳索，得费些工夫。

"这是哪里？"他打量周围，用含糊不清的语调说。

这个房间的灯光并没有那么明亮，反而接近于阴暗，周围断断续续传来机器运转的响声。

借着房中唯一一盏灯泡的光亮，关琥发现这里很宽敞，角落里零零散散放了些桌椅杂物，靠墙还有几台大型的冰箱冰柜，噪声正是这些机器发出来的。

看来他是在昏迷中被移到了这里，看摆设，这里像是地下储藏室，周围没有门窗，无法知道时间，想到张燕铎回来却找不到他的情景，关琥开始焦急。

小腿被皮靴踹了一脚，女人吃着香肠，不耐烦地说："看什么看，你还想找机会偷跑啊？"

她下脚很用力，关琥被踹得蜷起腿来，不过跟手臂上的伤相比，那种痛不算什么，在活动中他发现自己整只左臂都在作痛，溢出来的血将外套都弄湿了，黏糊糊得很难受——

这两个人不会好心地为他止血，所以他的伤口还是手绢扎住的状态，还好女人忙着吃东西，没再对他使用暴力。

林山木站在旁边，打量他，说："你还别说，这小子挺能蹦跶的，我都担心这绳子捆不住他，被他偷跑。"

"要不就先挑了他的脚筋。"女人指指放在桌上的匕首，轻描淡写地说。

匕首刚切过香肠，刀刃油腻腻的，看得出很锋利，想象着被它挑断脚筋的感觉，关琥不由得打了个寒战。

真是最毒妇人心，他们刚来住店时，胖女人一直笑脸相迎，还不时说些插科打诨的话，甚至帮他们应付警察，关琥怎么都没想到她原来是有目的的。

他在心里飞快地琢磨着女人的身份，又忍不住后悔跟张燕铎约了在这里碰面，张燕铎还不知道女人有问题，万一被她算计了怎么办？

正想着，就看到女人吃完了香肠，拿着匕首向他走过来，关琥急中生智，立刻说："你们不是想靠司南找宝藏吗？我可以带路，挑了我的脚筋，就没人带你们去了。"

"我呸，你要是知道宝藏在哪里，就不会在车里一直问我了。"

"我那是要看你的情报是不是跟我掌握的一样，如果我提前说我知道，还怎么诱你讲实话？"

情势危急，关琥的脑筋运转从没像现在这样灵活，眼看着女人拿着匕首逼近，关琥额头渗出了冷汗，突然大叫道："方河，你不想也跟你那些同伙一样死的话，就聪明点，跟我合作！"

女人停下脚步，惊讶地看他，像是奇怪他怎么叫得出自己的名字。

关琥也愣住了，在心里飞快地问自己——他是怎么知道的？他还知道什么？对，这些人提供了很多线索给他，现在只要他把所有线索连接起来，就解开谜题了！

"我都变成这个样子了，亏你猜得到我是谁。"女人鼓着脸腮，很不爽地说。

要不是命悬一线，关琥真想吐槽她——吃这么多，要想不变成这个样子才奇怪吧？

不过方河的话在无意中给他提供了新线索，让他的推理更完整了。

关琥努力让自己挺起上半身，靠着桌腿坐起来，做出很有底气的样子，说："金木水火土，你就是五行中的水，方河名中带水，也是唯一的女人，要想猜到并不难，不过你的长相跟我们拿到的情报不太一样，没想到你这么会伪装，害得我还怀疑是不是搞错了。"

"情报？"

"就是我们收集到的有关你们的详细情报，"关琥呵呵笑道："你不会以为就凭我们兄弟两个人，就想跟国际犯罪集团争宝藏吧？"

小腿又挨了一记重踹，方河哼道："我没有伪装，这就是老娘原本的样子，三年前我也是个大美女，都是因为得了这个嗜食症，才会变成这样的，不过也刚好借此逃脱了仇家的追踪。"

方河摸摸脸颊，借着灯光，关琥看到她脸腮下方有个小疤瘌，那大概是开刀取美人痣留下的，至于酒窝，她都胖成这副模样了，根本看不到酒窝在哪里，再加上她的胡吃海塞，任谁都想不到她是照片里的消瘦美人。

方河踢完关琥，又不悦地看林山木，说："看来他不像你说的什么都不知道。"

"你别听他唬烂（闽南语，说大话），他只是在诈你。"

"你没唬烂，那你找到的司南呢？"关琥敏锐地捕捉到了这两人之间的罅隙，故意说："你是自己先找到了，想独吞吧？要不是我把你抓回来，现在你已经跑去找宝藏了。"

"你胡说八道，昨晚我就偷了你的，还是个假货！"

看到方河不悦的目光投来，林山木急忙解释道："我刚才都说了，我不是得手后不跟你会合，是这家伙的对头把我抓去了，你看我身上这些伤，都是拜这家伙所赐！"

为了取得信任，林山木翻起自己的衣袖跟裤管给方河看，他自己越想越气，冲到关琥面前，抬起脚对他一阵乱踢，叫道："妈的，你还敢挑拨离间，要不是因为你，老子也不会被当诱饵吊了一晚上，还差点挂了。"

关琥被他踢得滚倒在地，林山木还觉得不解气，准备再踢，被方河拦住了，说："时间紧迫，先说正事。"

"这家伙打晕我两次，这种教训还是轻的。"

林山木想夺匕首，被方河闪开了，皱眉教训道："他现在在我们手里，你要报仇，什么时候不能报，偏要急于一时吗？"

"可是这家伙什么都不知道的。"

"他不知道的话，怎么会有那么多人对付他？他哥看起来也不是个省油的灯，先把事情问清楚了再说，免得到时再惹麻烦。"

听他们的对话，关琥猜想林山木已经将他们在化学工厂的经历跟方河说了，趁着他们争吵，他快速打量周围的环境，看有没有什么东西可以利用上，同时上下摩擦双手，希望可以松缓索扣，把手挣脱出来。

可惜两人很快就吵完了，再次一起转头看他，为了不引起怀疑，关琥保持平静的表情。

方河上前抬腿踩住他，问："你到底跟那帮人是什么关系？怎么会知道司南的秘密？你最好老老实实地交代，否则我先挑了你的脚筋，再挖了你的眼珠子。"

方河身形膘肥，踩上来时，大半体重都压在关琥的胸口上，关琥受了伤，再被她踩动，只觉得连正常呼吸都做不到了。

看来肥胖的女人是他这辈子的噩梦。

感受着皮靴在胸口上来回碾动的痛苦，关琥咬着牙，信口胡说："这事说来话长，我们其实是在追踪其他案子时，无意中听说了司南的秘密，据说恐怖组织把掠夺来的财宝都放在太平洋的某个岛屿上，只有靠司南才能找到，所以我们就想截和……你又是怎么找上我们的？还算到我们住在这里？"

这是关琥最想不通的地方，这家酒店是那天他们随便找的，再怎么巧合也不可能自投狼窝吧？而且他很奇怪方河怎么会盯上他们，明明他们都变装了。

关琥说得条理分明，人为财死，他这个随便胡诌的借口反而更有可信性。

方河信了，冷笑道："是王火透露的消息，那家伙虽然很喜欢黑吃黑，但是在打听情报上挺有一套的，不过我们还不到未卜先知的程度，可以算到你会住这家酒店，我只是跟着你们来到这里，给了老板一大笔钱，找了个借口说要在这里做两天工，他就同意了。"

"那酒店的其他人呢？"

"我转告老板的话，放员工假期，有工钱拿，他们巴不得放得越多越好，至于客人，这里本来就不多，否则你们也不会选这家对吧？"

听着她的讲述，关琥心里升起不好的预感，方河看着他的表情，冷笑道："你没猜错，那家伙挂了，我本来不想动手的，可他太麻烦。"

她给林山木使了个眼色，林山木走到冷冻柜前，把门拉开，顿时白色冷气扑了出来，隐约露出里面蜷曲的人体。

看到老板的惨状，关琥皱紧了眉头，方河笑道："所以现在这家酒店是空城，别指望有人来救你，乖乖跟我们合作，你也许还可以活命，否则这冰柜挺空的，我不介意把你也塞进去。"

"塞进去之前先挑了你的手筋脚筋，让你尝尝活活冻死痛死的滋味。"

林山木在旁边桀桀笑着追加，他脸上的皱纹随着发笑凑到一起，显得更猥琐了。

关琥的手在身后的地板上摸了半天，什么都没找到。看着两人诡异的笑颜，他知道就算自己配合，他们也不会放过自己，所以当下最重要的就是拖延时间，也许可以拖到张燕铎来救援，或是找机会扯开绳索。

他继续上下蹭动绳子，说："我当然选择跟你们合作，你们现在有了司南，我有去目的地的地图，联手对我们来说有利无害。"

"呵呵，前提是你这个司南是真货。"

方河转回去拿起司南，来回摆弄起来，顺手又拿了块黄油蛋糕塞进嘴里，嚼着说："你为了这东西，把你哥都丢下了，看来你是把它当真货了，不过你会这么做，你哥也会这么做，大概在你不注意的时候，真货就被他调包了。"

应该是林山木见他独自逃出来，就以为他为了独吞财产而把张燕铎甩掉了，有关这一点，他不想解释。

于是关琥强调道："这个司南绝对是真的，千真万确的真！"

"虽然我没见过真货，但你觉得恐怖组织想要的古董背面会贴这个标签吗？"

方河将司南的底盘亮给关琥，关琥看到白色标签上华丽丽的Made in China，他的脸顿时囧得皱到了一起。

怎么会这样的？

这个问题在脑海里迅速闪过，关琥心头的不安感更强烈了，东西是什么时候被调包的他还不确定，但至少在真品跟假货这个问题上，张燕铎骗了他。

张燕铎说让他带着真品走，其实是敷衍，真品在张燕铎那里，那家伙根本没想过要来跟他会合，也就是说——张燕铎拿着东西，主动找上吴钩等人的时候，就另有打算了！

砰！

响声打断了关琥心头的愤慨，他回过神，才想到自己眼下的处境，本来还期望张燕铎可以及时赶到搭救自己，现在他放下希望了，因为那个人根本就不会回来。

林山木把关琥的发愣误以为他是在心虚，拿着从墙角顺手拖来的铁棍，在地上一拍，冷笑道："说了半天，你根本没有司南。"

"我也被骗了，不过大家知道司南在谁手里就好，我们一起去把我哥找出来……"

"不用了，"方河打断他的话，不耐烦地说："找那个男人我们自己有办法，用不到你。"

关琥觉得她的话代表他没有存在价值了，也就是说是随时可以处理掉的那种。

关琥在跟他们交谈中，一直没放弃搓擦手腕上绑的绳索，绳子在他的不断用力下，稍微有点活动了，但是离松解还远远不够。

看着林山木拎着铁棍走过来，关琥急得脑门上冒出了冷汗，急忙顺着他们的话往下说："也许我哥已经挂了，那帮人的火力你又不是没见过，他没有车，要逃出来很难，所以跟我合作，你们的胜算更大。"

"我们也可以跟那些人合作，不一定需要你。"

见关琥面露疑惑，方河冷笑道："看来你也只是知道点皮毛，有关司南真正的秘密，你根本不清楚，虽然我们没有见过真货，但是在制作途中，我们也提供了不少情报，所以想要开启密码程序，还需要我们的协助，宝藏太多，他们也吃不完，不如大家一起合作，平均分配。"

"如果他们想跟你们合作的话，就不会把林山木像吊牌一样吊一晚上了。"

"那还不是拜你所赐！"

林山木一棍子敲过来，幸好关琥及时滚开，才没有被打到，他看到方河还站在原地不动，看来是在考虑其他的计划，顿觉有了希望，边躲避林山木的攻击，边冲方河叫道："杀人也不急于一时，你在这时候杀了我有什么好处？"

似乎认可了他的说法，方河又拿了块蛋糕塞进嘴里，对林山木说："先留着他，从长计议。"

"什么从长计议？我们都死两个人了，王火也生死未卜，是不是要都死了再计议？"

"现在我们不清楚那边的情况，把他当挡箭牌对我们又没坏处，你要是担心他捣鬼，就先废他一条腿或一只手。"

林山木听到这里，看向关琥，眼睛在他的手臂跟大腿之间转了转，然后狞笑着再次将棍子打下来，关琥就地一滚，铁棍擦着他的裤腿落到地上，险些就砸中他。

空间本来就不宽敞，林山木的动作又疯狂而暴力，没多久关琥就险象迭出，偏偏手脚挣脱不开，眼看着被逼得滚到了墙边，再没地方躲避了，他索性心一横，冲林山木大叫："你这么急着干掉我，是怕我跟方河说出你的勾当吗？"

林山木一愣，关琥趁着空隙缓了口气，怕他马上又动手，立刻接着叫道："明明是你为了单干，才会跟那些人合作，好从我跟我哥口中套出司南的秘密。"

"你胡说什么？我如果跟他们一伙，还会被吊一晚上吗？"

"苦肉计，如果你们不是一伙的，为什么被那么多人围攻，你还能跑出来？"

"因为我命大！"

"可是你跟我说比起你的五行朋友，恐怖组织那边的人更可以依赖，五行里死一个，你们就可以多分到一份财宝，而且……"

"不是！"

林山木说完，就看到方河锐利的目光瞪向自己，咀嚼蛋糕的动作停下了，手里握着匕首，一副随时准备出击的架势。

他慌了，不顾得追杀关琥，急忙对方河说："你别信他的话，我们合作多久了？我为什么要为了个外人出卖你？"

"你又不是第一次出卖我们。"方河皮笑肉不笑地说："如果你是无辜的，为什么不在拿到司南后到我们约定的地方，而是去别处？别以为你偷偷做了什么我不知道。"

林山木语塞，随即恼羞成怒地说："臭娘们，你跟踪我！"

她不是跟踪你，是在诈你。

凭着常年做刑警的经验，关琥一眼就看出了方河的用心，她会这么容易被煽动，有点出乎关琥的意料，不过现在的状况正合他意，既然林山木有做小动作，那他随口说的一切都顺理成章了。

为了继续挑起他们内部的矛盾，关琥不给他们仔细思索的机会，紧接着又往下说："在回来的路上你还跟我说是方河杀了何圭，她跟王火比较好，为了防止他们联手，你要先下手为强。"

听了这话，方河的表情一变，林山木的脸色更难看，指着关琥怒道："你血口喷人！"

"不是你说的，我又怎么知道何圭是这女人杀的，我又不了解你们的关系。"

这番话其实是关琥在诈方河。

最初看到何圭坠死的新闻时，他首先怀疑是吴钩下的手，但后来发现吴钩的目标是司南，前一晚他又在对付林山木，所以在知道何圭的死亡现场离酒店不远时，他就有了新的想法。

而方河的身份更让他确定了自己的怀疑——他们在窝里斗，从天时地利来看，方河下手的可能性比吴钩要高得多。

没想到这次又让关琥说中了，听了他的话，方河的反应很慌乱，愈发相信了这些都是林山木对关琥说的。

再看到林山木气急败坏地冲到关琥面前，举起铁棍猛打，更证实了他想杀人灭口。

眼看事情已经败露，方河马上想到林山木在杀了关琥之后，一定会杀她，趁着他背对着自己，立刻冲上前，将匕首刺向他的后心。

她的盘算是先下手为强，干掉林山木，反正林山木也没什么用处了，而关琥手脚都被反绑着，身上还有伤，回头再对付他也没问题。

谁知林山木听到风声，及时回头，方河的匕首落了空，刺在了林山木的手臂上，匕首划得很深，顿时鲜血直流。

如果说林山木最初对关琥的胡言乱语还抱有怀疑的话，那方河的行为则证实了他说的话，至少何圭的死是方河做的。一想到她居然计算着要干掉自己，林山木就更恼火，暂时放开了对关琥的追杀，转而攻击方河。

方河是女人，虽然会一点拳脚，但在力量上完全不是林山木的对手，被他拿着铁棍一阵横劈竖砍，很快就慌了神，转身绕着桌子逃避。

两个人一个跑一个追，没多久方河就被摆放的桌椅绊倒了，林山木举起铁棍就砸，别看方河肥胖，动作却很快捷，几下滚到了桌底下，又从桌椅的空隙里探出手，将匕首刺向林山木的小腿。

林山木的铁棍在挥舞中被椅腿卡住，正在努力抽拔，小腿忽然传来刺痛，方河将匕首刺进他的腿部，刚好是中枪的那里，他疼得连连跳脚，嘴里大喊大骂，也不顾得拔铁棍了，直接去掀桌子。

方河连滚带爬地从桌底下跑去了另一边，林山木抄起椅子就往她身上砸。

方河的小腿被椅子砸到，疼得哀号起来，爬的速度也慢下来，林山木冲过去抓起她的头发就往地上撞。方河拼命甩头，想摆脱林山木，还张嘴咬他。

两人在滚打中双双倒在了地上，变成了市井之徒厮打的状态。

桌椅跟其他的杂物在两人的滚打中散乱了，关琥趁着他们不注意，就地连滚几下，避开危险区，在一番挣扎中，捆绑手腕的绳索松开了很大的缝隙。

眼看着再努力一下就可以挣脱开，却因为左臂受伤，使不上力，手腕上都磨得鲜血淋漓，却偏偏无济于事，关琥不由得又气又急。

这时那两个人滚打的速度慢慢停下来，方河不是对手，被林山木骑在身上，掐住脖子用力压，随时都会挂掉，他就更急躁了。

正心烦意乱的时候，眼眸扫过旁边的空地，竟然发现在翻倒的桌椅下面有只手枪。

那应该是林山木从他身上缴获的手枪，却不知道为什么两人都没用到，这对关琥来说是个难得的机会，他继续跟绳索折腾着，又飞快地移动身体，滚过去企图拿枪。

谁知就在这时，对面的打斗声停止了，林山木呼哧呼哧喘着从方河身上爬起来，方河仰面朝天瘫在那里，看样子已经没气了。

林山木的小腿上还插着刀子，再加上一番恶斗，导致全身又是血又是灰土，他起来后，泄愤似的冲方河狠狠踹了一脚，然后转头看向关琥。

　　关琥已经滚到了手枪旁，但他的手还没有挣脱出来，只能先用身体撞动椅子，期望够到枪。

　　可是他刚把椅子推开，就听到对面传来踢踏声，林山木抽出铁棍，冲他走了过来。

　　小腿受了伤，林山木走得很慢，随着他拖拉脚步，血流了一地，他把愤怒都转移到了关琥身上，拖着铁棍走到他面前，脸上露出痛恨的神色。

　　"臭娘们，我就知道她指使我去偷东西不怀好意，难怪她不让我杀你，原来是想让你代替我，你们他妈的都敢算计我，看我怎么干掉你。"

　　林山木嘴里含着血沫，说得不清不楚，但是看得出他的愤怒之情，跟方河相比，林山木更暴躁。

　　如果活的那个是方河的话，关琥还会抱有侥幸，但面对林山木，他心里就只有一个想法——不是你死就是我活。

　　绳索越来越松了，眼看着就可以将手抽出来，可就在这时，林山木的铁棍朝他当头挥下。

　　为了躲避攻击，关琥只能就地翻滚，导致手枪被椅子撞到，顺着地面滑去一边，离他更远了。

　　林山木第二棍紧接着又劈了下来，并且是接连几次劈打，关琥连试图说服他的机会都没有，只能不断翻滚，又抽空将椅子踢过去，试图挡住林山木的攻击。

　　障碍物稍微拉慢了林山木的动作，关琥身上的要害部位侥幸避开了，但是要死不死的，他左臂上的伤口被铁棍棍尾划到，疼得眼前一黑，还好就在此时，右手终于从绳索里挣脱了出来。

一只手获得自由，关琥立刻撑着地向前滚爬，桌椅在他的撞动下翻去一边，露出了下面的手枪，他忍着痛探手抓住枪柄拿起来，转身对准林山木。

林山木刚好举起铁棍，看到指向自己的手枪，他微微一愣，保持举棍的状态定在那里，关琥趁机扣下扳机，却不料扣下后，对方一点反应都没有，他急了，又连续扣动，但听到的只有卡空的响声。

原来是子弹打完了。

想到这个原因，关琥心里难得的涌起了绝望的感情，刚才一番摸爬滚打几乎耗尽了他全部的力量。

枪伤部位因为重击，再次大量出血，他眼前一阵阵发黑，再加上手脚不方便，面对林山木这样的暴徒，其结果可想而知。

林山木也在同时明白了现状，不由得哈的笑出了声，"以为有把枪就能打过我了？妈的有枪了不起啊，开枪啊！开啊！"

他保持举棍的姿势，一边挑衅地喊话，一边向关琥逼近，然后咬紧牙关，双手举棍，朝他当头劈下！

关琥的周围都是桌椅，导致连躲避的地方都没有，他被逼到了尽头，索性一咬牙，紧握住那柄空枪，瞄准林山木的头部就要甩过去，哪怕这一击无法抵挡他的铁棍，也总比坐以待毙的好。

铁棍划过空中，金属映着灯泡的光芒，晃亮了关琥的眼眸，他的眼睛微微眯起，正要出手，就听砰的响声传来，林山木的动作突然停止了。

紧接着又是一声枪响，这次关琥看清楚了，林山木的身体随着枪声剧烈地一颤，随即大片血迹从他胸前涌了出来，他的身子晃了晃，向前栽倒。

为了不被林山木压到，关琥急忙就地翻身，一阵桌椅翻倒的轰隆声在他身后陆续响起，铁棍掉到地上，发出叮当当的响声。

关琥被飞扬的灰尘呛得连连咳嗽，心有余悸地转头看去，就见林山木倒在桌椅当中，看不到模样，但是看那状况，应该是挂了。

铁棍也滚出很远，暂时对他构不成威胁，关琥却不敢就此松气，立即看向对面，满心期待接下来看到的不是更可怕的敌人。

很好，在看到来人是谁后，他这才真正地放下了心，一下子只觉得全身的力气都被抽干了，连支撑自己仰起的劲都没有，跌倒在地，手枪甩了出去，他也懒得管，仰面朝天大口喘气。

吧嗒吧嗒的高跟鞋声飞快地传来，在快靠近他时又停住了。

不速之客先是往前走两步，接着又小心翼翼地向后退，像是在确认他的状况似的，然后说："咦，不是关琥？那你是什么人？我警告你哦，你最好说实话，我的枪法很准的，而且为了不被事后报复，我一旦开枪，就不会给你生存的机会，所以你只有一次机会，你不要浪费……"

"叶菲菲，才分手几天，你就连你男朋友都认不出来了吗？"

叶菲菲的唠叨在关琥听来就像是催眠曲，让他的神智愈发迷糊了，全身都在痛，刺激着他步入晕倒的状态，可是在事情没有完全解决之前，他不敢让自己晕过去。

声音低沉嘶哑，关琥很怀疑叶菲菲是否听得出他是谁。

还好他的女朋友没有他想的那么笨，听了他的话，立刻冲过来，蹲下身上下打量他，叫道："关王虎真的是你？你没事吧？怎么搞得全身都是血……你去整容了吗？还整得这么丑，刚才那家伙没打到你的脑袋吧？我好担心你失忆，连男友跟前男友都分不清了。"

关琥突然自暴自弃地想不如就此晕过去，把这个烂摊子丢给叶菲菲去处理算了。

"谢谢你的关心，我只是化了妆，我现在是逃犯……"

"那就好那就好，我可不想被人知道我跟个丑八怪交往过，那会降低我的自身价值的。"

假如他现在晕倒，那一定是被叶菲菲气的。

不知是不是意识不清了，关琥觉得自己穿越回飞天事件里，那一次叶菲菲也曾开枪救他们，那时的她表现得还算正常，不像现在杀人就像杀鸡一样轻松……

真是糟糕透了，自从认识了张燕铎，他，还有他身边的人都变了。

即将晕倒，跟张燕铎认识后的一幕幕在眼前闪过，关琥感觉全身越来越冷，神智在慢慢消失，他凭借着仅存的意识迷迷糊糊地说："这里太危险，先离开。"

"我知道啊，可是你能站起来吗？我没那么大的力气扶你……喂，关琥，关王虎你不要现在晕啊，别丢下我一个人……"

喂，他只是昏迷，请不要说得像是他要死了似的。

关琥张张嘴，很想吐槽叶菲菲，吐出来的却是血沫，他嗅到了口中的铁锈味，挣扎着想爬起来，却在站到一半后又跌了回去——脚踝还被捆在一起，只有一只手，他根本使不上力气。

叶菲菲慌忙放下枪，去帮关琥解绳子，解开后，再去扶他，发现他的脸色更难看，眼睛半睁半闭，看样子根本无法站起来。

"关琥你别吓我哦，你醒醒，再撑一会儿，只要我们出去就没事了。"

惊慌之下，她用力拍打关琥的脸颊，疼痛刺激了关琥，让他的意识有短暂的清醒，恍惚中借着叶菲菲的力气站了起来，但只支撑着向前走了几步，就双腿一软，再次跌倒。

这一次叶菲菲的叫声没有成功地唤醒他，他的头重重地撞在水泥地上，昏了过去。

"关琥！关琥！"

叶菲菲的力气有限，连拖带拉地将关琥又往前拽了一段路，终于放弃了。

关琥的样子让她心里没底，看看房间里恶斗后的悲惨状况，她决定先把车开过来，顺便试试看能不能联络到谢凌云。

她放开关琥，先跑去把枪捡起来，以便随时拿来防身，接着飞快地跑上楼梯，抬手正要开门，谁知门先打开了，一个修长挺拔的人影走进来。

"啊！你！"

借着昏黄的灯光，叶菲菲看清了来人是谁，过于惊讶之下，她叫了起来，但对方没有在意她，而是将目光扫向对面一片狼藉的空间。

叶菲菲也跟着他看过去，里面两个人一个仰面朝天，一个俯身趴在桌椅下，还有倒在楼梯下方的关琥，再加上地板上血迹斑斑，简直就是活脱脱的凶案现场，再随着他的目光转向自己手上拿的枪时，她体会到了百口莫辩的感觉。

"其实事情不是这样子的，我只是正当防卫，最多……最多算是防卫过当，他们要杀关……呃不，要杀那个胖子，我就见义勇为一下下啦……"

"你做了什么吗？"来者打断她的话，说："我什么都没看到。"

叶菲菲转转大眼睛，立刻笑了起来，"什么都没做，什么都没做，呵呵。"

男人快步走下楼梯，来到关琥身旁，伸手去扶他。

叶菲菲看看手里的枪，枪口在男人身后比画了一下，犹豫着要不要先问清对方的目的，毕竟跟这件案子毫无相关的人，是找不到这里来的。

　　"你要来帮我一下吗？"男人架住关琥的胳膊，把他抬起来，说："至少不要用枪指着我。"

　　"哪有？你看错了啦。"

　　叶菲菲一秒把枪藏到了身后，跑下去帮忙，跟男人一左一右扶住关琥。

　　"他的伤有点糟糕，先去我那里吧。"

　　"你那里？"

　　"对，一个任何人都不会去的地方。"

第六章

关琥觉得自己像是昏厥了，但又像是清醒的，隐约中听到耳边传来的对话声，其中一个是叶菲菲，另一个比较模糊。

身体摇摇晃晃的，像是一直停不下来，也许是在坐车，他这样跟自己解释，他不知道叶菲菲是怎么找到自己的，也不知道她要带自己去哪里，只知道叶菲菲不会害他，他一直面临的危险过去了。

而后对话声渐小，没多久左臂传来疼痛，他知道那是有人在帮他检查枪伤，偏偏睁不开眼睛看清对方的样子。

再之后意识开始恍惚，对话声不知从什么时候开始换成了他跟张燕铎的，从他们最初见面时的互动到每一次联手对敌的画面，接着苗人送他的神像也出现了，起先是小小的一只，后面变得越来越大，像是酒店里供奉的那个。

关琥心里一凛，他想起了在降头事件中曾去过的酒店，好像叫鑫源酒家，店家供奉了燒神的神像跟一些阴阳八卦图……

啊，那些图符他之后也有见过，司南的底盘上也刻了相同的卦图，大概所有阴阳图都是那样的，但总觉得相同中还有不同。

关琥不知道为什么这些乱七八糟的画面会在这时候浮现出来，或许是这一觉睡得太长了，在无形中启发了他一些潜在的记忆，就像张燕铎曾经的记忆一样，其实每个人的脑容量都是无穷大的，端看是否可以在某个时点被叫醒而已……

画面起先很模糊，但随着疑点脉络的连接，一幕幕逐渐变得清晰，关琥激动地攥住双手，他发现自己终于可以站在张燕铎的角度上思索他的想法了，同时他也明白了张燕铎这样做的目的。

"混蛋！"

他不知道自己这句话有没有叫出来，但至少在心里他把张燕铎骂得体无完肤，由于太激动，他又陷入了昏昏沉沉的睡眠中，直到有个东西触到了他的额头上，就像每次张燕铎叫他起床时做的动作。

本能之下，关琥配合着抬起双手做投降状，但随即从左臂传来的疼痛将他的意识唤醒了，他想起了昏迷前的经历，这不是在酒店，张燕铎不可能用手枪叫他起床，因为张燕铎消失了，而他，也险些被干掉。

神智回归现实，关琥睁开眼，发现搭在他额头上的是只手，叶菲菲站在床边，一脸担心地说："还好退烧了，应该没事了吧？"

"这是……"

关琥想问这是哪里，但喉咙火辣辣的疼，让他没说得下去，叶菲菲很机灵，看他这模样，立刻明白了，匆匆跑去倒了水回来，又扶他起来。

在叶菲菲的帮助下，关琥坐了起来，他坐好后，叶菲菲又拿了两个大枕头放在他身后倚靠——别看叶菲菲平时大大咧咧的，关键时刻她比谁都能干。

喝水的时候，关琥发现自己两个手腕上都缠了纱布，他又去看左臂，因为穿了睡衣，无法确认伤口的状况，但应该也被包扎过了，虽然伤口还隐隐作痛，却不妨碍做事。

"哎呀，你不用左看右看了，有我叶菲菲出手，再大的伤都包你没事。"叶菲菲指指他的杯子，示意他专心喝水。

关琥喝完水，跟叶菲菲道了谢，又打量周围，这是间卧室，看家具跟装潢应该有些年头了，不过挺宽敞的，旁边拉着薄纱窗帘，遮住了阳光的进入，也让外界无法看到房间里的情况。

关琥仔细看了看，隐约看到外面都是草树，大概就算有行人经过，也看不到他们，住宅周围静谧，给人一种违和感，但他又找不出违和感在哪里。

睡了一觉，关琥的精神好多了，抬手摸摸额头，叶菲菲立刻把手绢递给他，让他擦汗，安慰道："别担心，这是我一个远方亲戚的家，他们都移民了，房子空了很多年，又在郊外，不会有人找到这里来的。"

比起这个，关琥更在意另一个问题。

"这睡衣……"

"新的啦，放心，我不会委屈你穿人家的旧衣服。"

"不是，我是想问……衣服不会都是你帮我换的吧？"

"是啊，难道你觉得这里还有第三个人吗？"

"包括内衣内裤？"

"关王虎你这人也太猥琐了，"被连续询问，叶菲菲不耐烦了，叉腰瞪他，叫道："我是本着医护人员的责任心做事的，我好不容易救你出来，你这家伙不说谢也罢了，还专门往歪处想，你觉得我会因此以身相许吗？ no way ！"

"是是是，是我的错，叶大小姐，您是小的救命恩人，再生之德，没齿难忘。"

其实关琥很想提醒叶菲菲她是空姐，不是医生，不过想到这样一说，话题将会越扯越远，他就打消了提示真相的想法。

"好饿……"他机灵地换了话题，揉揉肚子问："我睡了多久？"

"你等着。"

叶菲菲的脾气来得快去得也快，跑出去没多久，就拿着一个小托盘回来，托盘上放着一碗热腾腾的米粥，还搭配了两个小面包。

她将托盘放到床边的桌上，做出喂饭的架势，关琥急忙拒绝了，他还没弱到那个程度，右手拿碗，左手拿勺子一点点舀着喝。

"你睡了……嗯，差不多整整一天，现在是下午两点多，关琥，我煮的粥怎么样？还不错吧？面包是去便利商店买的，不过说是便利商店，走过去也要半个多小时……"

睡了一天？

叶菲菲后面唠唠叨叨的话都没进关琥的耳朵里，他只注意到了时间问题，原以为他跟方河二人拼命是晚上发生的事，现在看来他是被地下室的昏暗空间误导了，其实那场殊死搏斗发生在下午。

"怎么了？"见他停止吃饭，叶菲菲问。

"没什么，只是算下时间，没想到你会做饭。"

看到叶菲菲很自豪地用力点头，关琥很想问是真的吗？至少在他跟叶菲菲交往的那几个月里，他没见过这位大小姐下过厨。

基于诸种原因，关琥没去纠结这个问题，总之米粥好喝就行了。

他就着米粥把面包吃掉了，吃完饭，叶菲菲又帮他倒了杯水，另外还拿了一瓶药，说是解热消炎用的，他中了枪伤，如果不定时服药的话，伤口很容易发炎化脓。

"你从哪里搞来的药？"

看药瓶上的标签全是英文，不像是普通药店里摆放的，关琥不无怀疑地问。

"我当然有我的办法，别忘了我外公可是军人，哎呀不要啰唆了，其实在你昏迷时，我们……呃不，我已经喂你吃过两次药了，事实证明这药挺有效的，所以快吃吧。"

叶菲菲不由分说，硬是把药片塞进了关琥嘴里，又把水杯递过来，关琥连基本的反驳都没来得及，就被她把药灌了进去。

就这样，关琥被半强迫地吃了不知道是什么药的药，顺便还被水呛到了，让他有种被毒死也怨不得别人的感觉。

之后，关琥的精神好了很多，但他绝对不承认那是药物的作用，而是被叶菲菲折腾的，趁着叶菲菲在厨房里洗碗，他又仔细观察了房间，终于发现违和感在哪里了——卧室里没有电视。

手机也不在，关琥只好暂且按下疑问，下床洗漱活动了一下，除了因失血发烧而感到大脑有些晕乎外，一切都还好，看看镜子，叶菲菲已经把他的面具摘下来了，他脸色苍白，胡子拉碴，再加上蓬乱的头发，看这副尊容，就算不戴面具，也不用担心会被认出来。

关琥摸摸左臂，好奇心的促使下，他脱下睡衣检查伤口，伤口包扎得很仔细，纱布缠了很多道，隐约可以闻到药膏的气味，从纱布扣结的打法来看，很难想象这是外行做的。

这让关琥更觉得奇怪，回到卧室，叶菲菲已经回来了，靠在对面的椅子上擦枪，看她擦枪的手法越来越熟练了，就像普通女孩子摆弄化妆品那样随意。

"你是怎么找到我的？"关琥坐回床边，问道。

"关王虎你可懂得，当你结束了千里迢迢的行程，下了飞机，兴致匆匆地赶回家时，看到家园被毁的感觉吗？"

"……"看着叶菲菲投来的亮晶晶的目光，关琥后悔率先提这个话题了。

"房子被炸了还不算，我还被当成是一级危险分子对待，那些警察把我叫去警局问来问去，问来问去，我都说我跟关琥分手很久了耶，就算不分手，他犯了罪，我也会大义灭亲的，但他们就是不信，最后问得我想把警局炸掉的时候，他们才放人。"

"有关这件事，我觉得有必要解释一下，虽然你的家被子弹扫射是因我而起，但其实……"

"真相不重要，重要的是我知道一切都是你造成的就行了，"叶菲菲接着往下说："就这样，我的房子被毁了对吧，我没地方住对吧，所以我要找个地方落脚对吧？"

"美女，可以麻烦你把'对吧'去掉吗？"

"哦，我只是想强调一下，都是因为你，我才变得无家可归的，你别想赖账。"

"没有……"

"然后呢，我不喜欢打扰朋友，就只好先找酒店来住，就在找酒店的途中我突然想到，如果你跟老板要隐藏身份的话，会选择哪种酒店？所以我把找酒店改为找你们，顺便又联系凌云，可惜找不到她，所以这部分先撇开不谈，单说在我放弃了大酒店，专门找酒店的途中，发现了那家酒店的不对劲。"

叶菲菲路经那条街，听到了客人的抱怨声，原来客人们被强制退房，店主说酒店里有流行病，为了控制传染源，就暂时封锁了，她觉得奇怪，转了一圈后又回去看，发现酒店大门紧闭，里面不像有人的样子。

"这很古怪呀，要是真有传染病的话，会有卫生防疫部门的人员来检查消毒的，怎么可能一个人都没有？所以我就在酒店周围转了几圈，没想到在后面的停车场看到了老板的车。"

"你怎么知道那是张……哦，我哥的车？"

"我看到了搭在车座上的衣服，那是我在德国买的，送给老板的，样式很少见，所以我就留了心。"

"打住，你什么时候送我哥衣服了？"

"他经常请我跟凌云吃饭嘛，那我就偶尔回赠一下礼物，你这是什么眼神啊关王虎，我已经跟你没关系了，你少来管我的私事！"

不，他只是发现张燕铎对他身边的人都很好，唯独对他，从认识到现在，不知道坑了他多少钱，现在连他自己的存折放去哪里了他都不知道。

"是是是，那之后呢？"

"后来为了保险起见，我打开车检查，幸好他们没锁车，结果就让我发现了车里到处是血，另外还有一柄枪……"看了关琥一眼，叶菲菲追加，"枪膛里上了子弹的枪。"

"……"

"有了枪，我就有底气了，从酒店的后窗跳进去，找了一圈后，找到了地下室，你说我出现得及不及时？我如果再晚几秒钟，你大概就挂了。"

"你的胆子可真够大的，就没想过你不会武功，假如遇到危险，光凭一把枪能干什么？"

"有想过的，不过我怎么样也要救你啊，我的房子被炸了，所以我现在是既要付房贷，还没有房子住，关琥你要是死了，我找谁去还这笔钱？"

"……"关琥说："谢谢你的执着，不过请放心，我哥答应还的。"

"关琥你是小孩子吗？这种事也找你大哥？"

房子被毁归根结底也不是他一个人造成的，为什么他变成欠债的了？

关琥很无奈，决定放弃跟女人纠结这种没有结果的问题，问："所以你就把我带到这里了？"

"对，用我租来的车，而且我有注意有没有被跟踪，所以短时间内你不用担心有人会追到这里来。"

"那包扎……"

"当然也是我做的，开刀、取子弹、消毒，还有包扎全都是我一个人操作的，怎么样？你见过这么万能的女友吗？别后悔，后悔我也不会再给你机会的，你太 low 了。"

呵，被救一次的代价还真不小，莫名其妙的他就成了 low 男了。

感激归感激，自嘲归自嘲，但是有关救护工作全是叶菲菲自己操作的话，关琥半个字都不信。

他可以把昏迷中听到的对话声当成是自己高烧时的臆想，但包扎这种事可是技术活，不是接受几天防恐特训就能做到的，再说叶菲菲大胆有余，仔细不足，她一个人不可能把整件事做得这么滴水不漏的，更重要的一个问题，以她的力量，能把自己扶去车里吗？

他道了谢，又不动声色地问："那子弹有多深？嵌进骨头没有？你用什么刀挖出来的？"

叶菲菲愣住了，关琥又故意问："不会是连肉一起剐出来的吧？"

"当然没有，我做得很仔细的，哦对，你很幸运，子弹没伤到骨头，否则短时间内你别想用这只胳膊了。"

"那子弹呢？"

"子弹……哦，子弹丢了，我特意丢水沟里了，不用担心会被找到。"

叶菲菲不擦枪了，站起来在房间里走来走去，这个动作就代表她在回避这些问题——她有参与搭救自己，但整件事绝对不是她一个人操作的。

假如不是叶菲菲，在听了她的信口雌黄后，关琥不会再相信她，不过叶菲菲的话，她这样做一定有她的理由，关琥甚至怀疑会不会是张燕铎来过了，因为某些原因，让叶菲菲帮忙隐瞒，但不管怎么设想，这个可能性都不大——张燕铎现在应该在着手处理其他的问题，而不是照顾他。

这样一想，心里居然有点受伤，就好像他被丢掉了，尽管他知道张燕铎这样做的良苦用心。

为了不陷入自怨自艾的情绪里，他换了话题，问："那、那两个人你是怎么处理的？"

"说到这件事，也很神奇的。"

见他不再问子弹，叶菲菲松了口气，跑过来，坐到他身旁，拿出手机给他看新闻。

"酒店起火了，警察在里面找到了两具尸体……不要看我哦，火不是我放的，真的不是。"

这一点不用叶菲菲强调，关琥也知道不会是她做的，她没有时间，也不可能有毁尸灭迹这种大胆的想法。

有关酒店起火的新闻报道很简单，记者说是电线短路造成的深夜失火，还好酒店处于歇业状态，所以没有造成严重的人员伤亡，火灾中的两具尸体，初步确认是酒店的工作人员等等。

关琥愣住了，叶菲菲误会了他的反应，乐观地说："不管是谁做的，总算也是帮了我们，算是好事。"

"可是不该是两具尸首，是三具。"

叶菲菲到现场比较晚，不知道真正的酒店老板一早就被他们杀害了，放在冷冻柜里，所以再加上方河跟林山木，应该是三具的，为什么只剩下两具？难道是纵火者做了手脚？目的又是什么？

可以在他们离开后冷静地纵火毁尸灭迹，这种事张燕铎做得出来，但是在理清线索后，关琥觉得不会是他，那又是谁呢？吴钩等人的话，根本没必要销毁现场，他们从不怕自己的恶行被暴露。

叶菲菲安慰他，"想不出来就别想了，你好好休息，想吃什么，我去买给你。"

"没有，你也别出去了，他们已经怀疑你了，说不定会盯上你。"

"没事，我会化妆的，保管连你都认不出来，"叶菲菲很认真地说："关琥我也不是第一天认识你了，虽然你为人很 low，但是是个好警察，不会做坏事的，我男友被诬陷，我也很没面子，所以我一定要帮你解决问题。"

"不是前男友了？难道你打算跟我复合吗？"

"请别激动，复合这件事我连 0.001% 的想法都没有，我只是觉得说帮男友洗清冤情很拉风，才这样说的，你看刑警电影里都这样演。"

"但电影最后都是男女主携手破解疑案，并且在对抗恶人的途中萌发好感，最后水到渠成地走到一起。"

"是啊，你也说电影里是男女主了，"叶菲菲双手叉腰，冷笑看他，"可你是男主吗关王虎？你从头至尾都是男配啊，别自作多情了。"

关琥被震得目瞪口呆，直到叶菲菲扬长而去，房门关闭的响声传来，才成功地将他从被打击的情绪中震醒。

一直以来辛苦破案的人是他，被冤枉的人是他，受伤挂彩还努力跟恶人搏斗的也是他，可怎么混到最后，他成配角了？拜托，他可以再晕倒一次吗？

关琥没有晕倒，因为他得把有限的时间花在更有意义的事情上，就比如联络张燕铎，了解化学工厂枪战的后续。

可惜张燕铎的手机一直是空号，大概在目的达到后，他就另换手机了，这个混蛋！

如果此刻张燕铎在关琥面前，他想自己一定会揍人的，但现在他只能干生气加担心，却毫无办法——窃听追踪器等物品都在张燕铎那里，所以他既无法知道张燕铎的状况，也追踪不到萧白夜那边的情况。

眼下关琥没心思去理会萧白夜，只想着及时追踪到吴钩等人，整个事件的来龙去脉他大致是明白了，依照他现在的心情，巴不得马上就冲去化学工厂，可是这栋住宅的位置很偏僻，近处没有车站，没车的话简直寸步难行。

看来至少在叶菲菲回来之前，他别想离开这里。

叶菲菲回来得很快，她换了装束，乱蓬蓬的黑色短发加黑框眼镜，还有一身松垮垮的休闲装，脚踩运动鞋——原本很时髦的女生顿时变成了不修边幅的宅女，身上背了个小型登山包，包包上挂了很多卡通立牌，跟关琥平时见的宅女像得不能再像了，让他一开始差点没认出来。

"叶……菲菲？"他没太有底气地叫道。

"你好好看看，我这才叫化妆，根本不用什么面具那么麻烦，随便整一整，就大变活人了。"

"嗯，就是不知道是你现在的模样在骗人？还是你平时的样子在骗人？"

"关王虎你又找抽，不过看在你是病人的份上，我会原谅你的。"

叶菲菲进了家，把房门反锁上，将买来的东西一一拿了出来，除了一些必要日常物品外，还有从便利商店买的晚餐，她的说法是自己的厨艺不佳，为了不委屈关琥，还是买现成的比较好，这更让关琥确定了那粥不是她煮的。

旧屋里没有电视，两人在寂静的空间里默默吃了晚餐，饭后，关琥在叶菲菲的逼迫下吃了药，又被命令休息。

可是现在这种状况，他哪有心思睡觉？先是问起他们那辆车的情况，叶菲菲插科打诨，说自己找了个安全的地方把车丢掉了，让他不用担心，不过关琥更相信是她的同伴负责处理了那辆问题车。

他曾怀疑是谢凌云做的，但假如是谢凌云的话，叶菲菲没必要骗自己。

果然，当被问起谢凌云的行踪时，叶菲菲一改支支吾吾的样子，唠叨说她除了拿到谢凌云的那封留言外，一直联络不上她，谢凌云曾提到自己的处境很危险，为了不连累大家，所以不会再找他们。

想起谢凌云曾在刘金的死亡现场出现过，关琥怀疑她所谓的危险跟司南有关系。

"这个司南是你带回来的？"他拿着那个网购来的商品问叶菲菲。

"是啊，凌云曾提到司南寻宝什么的，我想这东西也许对你有用，就带了过来，它真的可以找到宝藏吗？"

"凌云除了提到宝藏外，还有说什么？"

"没了，其实我也听得半懂不懂的，后来想也许你们可以参透，就直接原话转述了。"

看来叶菲菲知道的不比他们多多少。

关琥放弃了追问，决定与其在这里胡思乱想，不如实地找寻真相，他跟叶菲菲简单说了他们这段时间的经历，打算夜探化学工厂，却被叶菲菲拦住了不放。

"吴钩那人的功夫你又不是不知道，再加上其他人，如果他们还在工厂，你去根本就是自投罗网，如果他们已经撤离了，你去了也是白费工夫，再说老板都让你在酒店等他了，他这样做一定有他的道理的。"

有个鬼道理啊！

不说这个他还不生气，一想到生死关头张燕铎还信口开河地骗他，关琥就气不打一处来。

——张燕铎从来都没想过要回酒店，那只是他让自己离开的借口，假如不是越来越了解那只狐狸，只怕到现在他还在为张燕铎担心呢。

但叶菲菲有一点没说错，那就是以他现在的状况去找人，等于肉包子打狗。自投罗网的话，一定会被某只狐狸骂死的。

叶菲菲察言观色，说："他说那个坏女人很擅长下毒，她给你喝的东西挺厉害的，正常人要委顿好几天，你现在的状态已经很好了，不过还是要好好休息才行，别忘了你中枪出血也很严重。"

"他说？"

"啊，是'我说'了，总之呢，冲动是魔鬼啊，年轻人。"

说溜了嘴，叶菲菲又开始打马虎眼，关琥没再多问，他做事有冲劲，却不鲁莽，考虑到眼下的情况，决定先把整个事件重新理清，再制订下一步的计划。

那一晚睡得很不安稳，一直在做梦，出了一夜的盗汗，等清晨关琥醒来，发现内衣都湿了。

还好叶菲菲有带来替换的衣服，关琥用湿毛巾擦了身子，换好衣服走出去，在客厅练单臂俯卧撑，接着打拳，好让自己尽快恢复正常状态。

拳头打得虎虎生风，踏步有力，将客厅的地板踩得轧轧作响，不一会儿关琥的额头就冒出了汗珠，一套拳脚打完，最后回拳收势，低头时忽然发现桌腿下跟墙角的几个地方有大面积的褐色斑纹。

出于常年在刑侦第一线工作的本能，关琥弯腰低头，趴在地板上仔细查看，那些斑纹看上去不像是蹭掉的油漆，而是什么液体翻倒，渗在地板上，再经过多年的沉淀，而遗留下来的痕迹……

应该不是血吧？

关琥心里泛起疑惑，伸手慢慢摸索那些斑纹，地板凹凸不平，老旧得很厉害，他再顺着斑纹往前看，发现对面墙上有个圆形凹痕，这让他不由自主地进入冥想的状态，观察房门跟对面的角度，又抬手比量——假如有人在门口开枪的话，子弹刚好会射中那个地方……

身后响起脚步声，叶菲菲打着哈欠走出来，打断他的思索，"看来关王虎你没事了，大清早就上蹿下跳的。"

"只是打拳，别说这个，菲菲，这到底是谁的家？这里的颜色有点不对劲……"

"不对劲是你的脑袋吧？"叶菲菲上前，一巴掌拍在了他的头上，"都什么时候了，你还在这里胡思乱想，该干什么干什么去。"

关琥被打得不敢还口，摸着脑袋站起来去拿早点——虽然他确定自己的直觉没错，但叶菲菲说得也没错，当下最重要的是找到吴钩，解决司南的问题，就不要再节外生枝了。

两人吃了早餐，关琥又在叶菲菲的帮助下做了乔装——戴上她带来的棕色假发，又将眉毛修细，胡子只留了下巴一撮没剃，再配上呢子外套还有大红色长围巾，一秒就型男变潮男。

叶菲菲帮他弄了个花式围巾打法，整理好后，上下打量他，沾沾自喜地说："这比你那种猪头乔装有新意多了，关琥，其实你长得挺不错的，要不我也不会看上你，你最大的问题是不懂得怎么打扮，很难相信你是老板的弟弟。"

"谢谢，至少我还有个值得称赞的大哥。"

在长期的相处中，关琥学会了怎样去忍耐，至少跟张燕铎的毒舌相比，叶菲菲这种还属于可以容忍的范围内的。

两人收拾好行装，见叶菲菲也打扮成宅女的模样，跃跃欲试地要跟随自己一起去，关琥有些头大，开口想制止她，叶菲菲抢先抬起手，很严肃地说："关琥先生，你不要自作多情，其实我更想陪男一号一起冒险的，问题是我已经上你这边的贼船了，说不定跟你分开，回头就被吴钩啊或是警察啊抓去问话，所以相比较之下，跟你在一起更安全一些，最重要的是，万一你有麻烦，我还可以开车帮你逃跑对吧？"

真是的，戏还没开场呢，他的搭档就先考虑逃跑的问题了。

"其实我也更想跟男一号搭档的。"关琥坐到了副驾驶座上，对她说："那就麻烦女主角你开车吧。"

叶菲菲笑吟吟地打着了引擎，"你会庆幸有我这样的拍档的。"

他只希望万一有危险时，不被自己的搭档拖后腿。

到了化学工厂，在关琥的指点下，叶菲菲将车开到工厂的院墙外停下，就见铁门紧闭，场地里静悄悄的，完全无法想象这里曾经历过一场血腥枪战。

关琥原本想让叶菲菲留在车里等他，但转念一想，假如有人瞅空偷袭的话，反而更危险，便答应了她的要求，让她踩着自己的后背攀过墙头，他也跟着爬了过去。

进去后，关琥沿之前走过的楼梯一路奔上去，来到发生枪战的地方，在看到里面的状况后，不由得愣住了。

房间跟之前一样很空，所不同的是没人吊在当中，枪战时落下的子弹壳也都不见了，他顺着铁质楼梯跑上铁架，上面空空如也，除了墙壁上有被子弹射过的痕迹外，这里完全看不出曾发生过枪战。

有人打扫过现场了，老家伙的手下那么多，清扫现场对他来说很简单，奇怪的是出了这么大的事，难道周围就没有一个人听到报警吗？还是报警后，又被上头的人压住了？

"他们很聪明，一点线索都没有留下，怎么办呢？"叶菲菲在房间里转了一圈，返回来问关琥。

关琥不死心，在去一楼的走廊之间又来回走了好几遍，试图找到张燕铎留下的记号，却一无所获，看来如果不是张燕铎刻意没留，那就是当时的状况不容许他做小动作。

"别以为这样就可以阻止我查下去，我有其他办法。"

他冷笑说完，掉头冲下楼去，叶菲菲不明所以，急忙跟上。

两人回到车里，这次是关琥开车，将车迅速掉头，朝着郊外山麓的方向一路跑去。

速度太快，叶菲菲紧握住安全带，叫道："关王虎，我全身家当就剩这辆车了，你要是再报废了，我跟你没完！"

"放心，如果出事，让我哥赔你。"

"也就是说拼死也要找到他了？"

"正是如此！"

半个小时后，轿车停在了鑫源酒家门前，跟关琥前几次来时不同，大白天的，酒店却大门紧闭，叶菲菲下了车，看着酒家大门上贴的临时歇业告示，说："根据我的经验，临时歇业的酒店都有问题。"

关琥绕着酒店转了一圈，就见四周门窗都关着，里面既没有灯光，也没有动静，看来不像有人在，他又回到大门口，他清楚地记得最后一次是张燕铎陪他来的，离开时张燕铎还好几次转头去看，说有印象。

当时他还以为张燕铎是对酒店有印象，现在才明白也许张燕铎潜意识里指的是这里的老板，张燕铎跟老板曾经见过，但那时张燕铎还没记起来，那次他们都有乔装，可老板的反应却很避讳，他当时觉得有点奇怪，却没有往深处想，现在想想，也许那时老板已经有所觉察了，所以才戴了个大口罩来遮掩。

关琥无视那个歇业广告，打量了一下门锁，那只是普通的大头锁，很容易开的。

他让叶菲菲帮忙望风，自己掏出准备好的小铁丝，在手指上绕了绕，插进锁眼里，只几秒的工夫就把锁打开了，推门进去。

"关琥，你这算是犯罪吧？"

叶菲菲从心惊胆战到惊讶于关琥撬锁的神技，小心翼翼地探头往里看，就见里面漆黑，静悄悄的没有人。

"不算，"关琥堂堂正正地走进去，说："房门没关，身为警察，我刚好路过，就进来巡查一下。"

看着他将小铁丝放回口袋，叶菲菲点点头，"那就好，我也不想当从犯。"

两人走进去，关琥让叶菲菲把门关上，又将灯打开，环视四周。

跟之前他来的几次相比，旅馆大厅除了把供奉的神像跟八卦图等与宗教有关的东西拿掉外，没有其他的变化，他抹了下柜台，上面有层薄灰，看来酒店歇业很久了。

关琥走进柜台，抬头看酒店的营业执照，执照上的法人姓名写的是王鑫源，当然，他还有另一个名字叫王火。

林山木曾说过王火的店开在山沟里，再联想张燕铎之前的反应，关琥慢慢将线索连接到了一起，所以这次来，他只是想确定自己的判断是否有误。

直到现在，关琥才想通店主在酒店里供奉神像的真正原因，"烧"是火的谐音，大概是相同的名字带给了他亲近感——有些人埋葬了过去，却忘不了曾经的荣耀，所以就用这种方式纪念自己的身份，至于他是否真相信烧的神力，那只有他自己才知道了。

两人去楼上查看，客房里都收拾整齐，除了装潢得带着浓郁的东方色调外，没什么奇怪的东西。

主人的房间在楼下，跟客房相比，里面的豪华程度让人咋舌，摆设跟家电都是一流品牌，让人有种从桃花源一步踏入现代社会的落差感，关琥努力回忆王老板的模样，只记得他长得干瘦普通，非常不起眼，是属于见过后很快就会忘记的那种。

谁会想到就是这样一个不起眼的人会跟老家伙合作，将他们耍得团团转，甚至不知道为了什么目的，将自己的同伴都干掉了。

环视着豪华的房间，关琥突然想到史密斯中降头而死，下降头的人会不会是被王火教唆的，王火一边隐姓埋名在这里开酒店，一边又招待大量的国外游客，只怕暗中还有经营其他的生意，他担心史密斯的报道会引来麻烦，就起了杀机。

这样推测的话，在他们最后一次来酒店时，王火就意识到有危险，所以直接关门走人，后来老家伙等人没有找到他，反而让刘金成了替罪羊——这一切大概早在司南出现的时候，张燕铎就全部都想到了，但他却没有说出来，而是借机做了其他的打算，也就是说从头至尾，他都在被张燕铎牵着鼻子走。

不过就算想到了这些，也依旧没有解开司南的真正秘密。

关琥来到走廊上，打量着原本垂挂八卦图的墙壁，陷入烦恼中。

"关琥快来，"叶菲菲在房间里叫他，"这电脑可以打开的。"

关琥回到王火的房间，就见叶菲菲坐在书桌前摆弄电脑，电脑电源启动后，提示输入密码，叶菲菲连着试了几次都失败了。

"这就是能打开？"

"电源打开了，接下来的问题你来解决，你可是连门锁都可以打开的神偷啊。"

谢谢，他是警察，请不要搞错他的职业。

关琥看着叶菲菲的手指不断在数字跟英文字母之间来回敲打，他不抱期待地想，王火是学器械的，又精通机关设置，他如果弄个八卦符码来排的话，他们就算研究到天荒地老都不可能研究出来，与其在这里花时间，不如找病毒来破解。

叶菲菲继续敲打着，又说："欸，如果是老板的话，他会怎么做呢？"

关琥心里一动，在跟随张燕铎办案的这段时间里，他慢慢掌握了一些窍门，例如他不理解罪犯的想法，但张燕铎理解，所以他想偷懒的时候，就不需要特意去琢磨罪犯的心理活动，他只要了解张燕铎的想法，顺着他步调走，就可以顺藤摸瓜，找出线索。

那如果张燕铎要解电脑的密码，他最先想到的会是什么？

凶手的习惯、凶手自诩的能力、凶手念念不忘的事物……

王火是从事这类技术的人，他应该知道再复杂的密码也架不住解码病毒，所以这东西防君子不防小人，不需要搞得很复杂，从酒店的摆设来看，王火是个很缅怀过去的人，司南也许是他最后做的案子……

照着这个理论往下推，关琥试着输入司南的字码，但马上被提醒错误。

他接着又输入了王火的名字，结果还是不对，不由自嘲地想如果是王火的同党，轻易就想到密码了，王火怎么可能用这么简单的名字？想到王火跟刘萧何的合作地，他随手将太平洋的英文输进去，谁知这次不抱期待的试验居然成功了，页面跳转，进入了下面的程序里。

"好厉害，你是怎么猜到的？"叶菲菲惊讶地看他，毫不掩饰对他的敬佩之情。

关琥耸耸肩，"我只是觉得自己离变态又近了一步。"

不过费尽脑细胞打开了电脑，结果却不尽如人意，王火没有在电脑里放重要的文件，大多都是酒店的经营盈亏列表。

两人翻找了很久，叶菲菲叹了口气，说："看来王火另有一台工作用电脑，这台是上网浏览用的。"

关琥点了网页，原本没有抱期待的，谁知在搜索中居然让他找到了王火的浏览履历，他点进去看，页面是加拿大的旅游情报，他连着点了几个，都是类似的东西。

"哈哈，这位先生是开店赚了钱，去加拿大旅游了吗？"

"他是去加拿大，不过不是旅游，而是寻找宝藏。"

"宝藏？在哪里？掘地三尺挖枫树？"

关琥给叶菲菲的回答是指了指温哥华海港的南部，它是加拿大最大的海港，并且南边是整片的海洋区域，蓝色版面上写着很大的三个字——太平洋。

虽然张燕铎屡次跟他提到自己被囚禁的地方是太平洋的某个离岛，但一直没说离岛靠近哪个区域，不过在看到温哥华海港时，关琥有种感觉，也许离岛的地点就是从这里出发的。

至少王火不会在这个时候无缘无故地想什么海外旅游，他查看了这么多太平洋地图，无非也是想找到离岛吧？

也就是说刘萧何等人他们会先去加拿大，然后转直升机或是海路去寻找消失的岛屿，至于他想找到什么，那只有他自己才知道了。

见关琥表情郑重，叶菲菲收起了漫不经心的态度，坐直身子，问："你是认真的？去太平洋寻宝？"

"是的。"

"你的烧还没退吧？"

"都退了。"

关琥推开叶菲菲摸自己额头的手。

有关张燕铎的身份来历叶菲菲都不知道，所以也无法想象海底寻宝的真意，谢凌云让她转述的那番话她也是当笑话听的，但关琥不同，在跟随张燕铎的思维推理的途中，他慢慢理解了张燕铎的想法——其实张燕铎早就知道化学工厂有问题，他是刻意自投罗网的，目的就是为了完全毁掉刘萧何的老巢。

那个人明明恐惧刘萧何恐惧得要死，为什么还要跟他正面为敌？答案只有一个，他不想自己被牵连进去，所以宁可跟自己痛恶的家伙合作，必要时哪怕连命就可以舍弃。

关琥想起那一晚张燕铎跟自己的谈心，他曾说想一起去埃及盗墓，当时自己嗤之以鼻，现在想来，张燕铎多半是在说真的，他很希望这件事真正地结束，他们兄弟俩可以毫无负担地去游玩。

想到这里，关琥再也按捺不住了，转身往外跑，叶菲菲急忙跟上，问："去哪里？"

"去太平洋！"

"等等等等，关琥，"叶菲菲扯住他的衣袖，冷静地问："你这副尊容，出得了海关吗？"

关琥一愣，叶菲菲又说："就算让你幸运地混出去，太平洋那么大，你怎么找宝藏？"

"我是找人，跟着吴钩那些人，就可以找到。"

"问题是你怎么跟上吴钩他们？"

"这……"关琥语塞了。

诚然，就算他推想到了刘萧何的秘密跟目的，对实际行动也一点帮助都没有，至少搜索到那些人的行踪需要先进的技术跟后盾。

一瞬间他有考虑到请舒清漪的朋友帮忙，或是艾米也不错，但前者他不了解，如果权限不够的话，反而会节外生枝，而后者他联系不上，想到这里，关琥不由得万分后悔在艾米跟他告别时，他没有留下艾米的联络方式。

看他迟疑，叶菲菲笑了，拉着他往外走。

"你没想到的我都想到了，先上车，我来说怎么办。"

两人上了车，叶菲菲为了不加重关琥的身体负担，提出自己开车，在回去的途中，她说："虽然我还不了解整件事的来龙去脉，也不知道这当中还有多少秘密，不过既然你这么急于追踪吴钩，我会全力以赴来帮你的。"

还没等关琥表达自己的感激之情，就听叶菲菲又说："毕竟我一栋房子都没了，你我是不指望了，所以一定要救出老板！"

关琥很庆幸自己没有先道谢。

"那你有什么好法子？"他虚心求教。

叶菲菲伸手打了个响指。

"克鲁格啊，这时候不用他，更待何时？我们两家是世交，他是我的青梅竹马，又很爱慕你，除非这件事牵扯到他们军部的利益，否则他一定会竭尽全力帮你的。"

"为什么正常的朋友关系被你一说，就变得这么混乱了，我跟他只是……"

"所以我准备联络他试试看，关琥你快来感谢我，你看我为了你，去求我的竹马。"

"我怎么觉得你玩得很开心。"

"那绝对是你的错觉，我也是为了房贷在拼啊。"

"但问题没那么简单，我总觉得克鲁格跟萧白夜有联系，如果克鲁格知道我的行踪，恐怕会通知萧白夜，那我们就惨了。"

"他们有联系有什么问题啊？萧白夜一定不会害你的。"

"为什么你这么肯定？"

"呃……那还不就是……哈哈，女人的直觉。"

"但是警察的直觉告诉我，萧白夜这个人很有问题。"

"不会啦不会啦，你想多了。"

叶菲菲一只手握住方向盘，另一只手连连摆动，看到关琥奇怪的目光投来，她发现自己的态度会令人起疑，急忙清清嗓子，往下说："你再想想，吴钧他们也对付过德国军方对吧？所以于情于理，克鲁格都会帮你的，说不定他还能借此升级呢。"

"但……"

"其实现在最重要的问题是——你确定老板一定有钱还的喔？"

"理论上讲，他应该有六亿多身家。"

"嘎，卢比？"

"欧元，谢谢。"

轿车来了个急刹车，还没等关琥发出抱怨，就见叶菲菲盯着前方，静了三秒后，她豪气干云地说："那还等什么？为了这笔钱，别说一个太平洋了，就算是刀山火海，也要闯一闯的！"

假如忽略一部分内容的话，关琥觉得张燕铎听了这番话，应该会感动的。

第七章

为了安全起见，在回家的路上，叶菲菲用公用电话打给克鲁格。

电话接通后，一听说她是叶菲菲，克鲁格立刻问起关琥，他早就听说了关琥被通缉的事，却苦于联络不上，现在抓到人了，于是一连串的问题问下来，根本不给叶菲菲说话的机会。

叶菲菲向关琥挑挑眉，意思是——看吧，他才不会出卖你呢。

她把话筒给了关琥，让他们直接交谈，自己出去望风。

关琥拿过话筒，却一时间不知道该说什么才好。

事情千头万绪，有一些连他自己都不清楚，或是清楚了却不知道该不该跟克鲁格坦白，反而是克鲁格先冷静了下来，说："知道你没事，这是我收到的最好的消息，你想让我做什么？"

话语朴实平淡，带着日耳曼民族直板的风格，让关琥突然觉得不该去怀疑自己的朋友。

"我想你帮我个忙，不过这个忙很麻烦。"

"不麻烦你怎么会找我？你说吧，除非我做不到，否则我不会拒绝。"

这句话就等于说，在听内容之前，克鲁格已经应承下来了。

关琥心口有些堵得慌，他本来想道谢，现在反而说不出口了，便将自己最近的遭遇简单地说了一遍，又提到他想追踪刘萧何跟吴钧，希望克鲁格帮助他出境跟调查从温哥华海港出港的轮船情报。

克鲁格一一记了下来，说："他们也有可能利用直升机，太平洋上很多离岛可以提供降落，所以两边我一起查，至于你出境，我会尽快让那边的同事搞定，最晚明天给你消息。"

"谢谢。"

"请不要说谢，你会来找我，就证明你对我的信任，我很开心。"

通话结束，路上关琥将克鲁格的话转述给叶菲菲，叶菲菲点头说："他答应帮忙，那应该没事，那我们要买些必要的东西，以备路上用到。"

"我们？"

"当然是我们，难道你想丢下我单飞吗？"

"但这一路会很危险，你要是出什么事，我怎么跟你外公交代？"

"说的就好像你真是我男朋友似的，少操心了，这件事克鲁格一定会跟我外公汇报的，如果老爷子不同意，会在出发前阻止我，反之，他就是支持我的行动。"

事情的发展是直到克鲁格的人跟他们联络上，并安排好他们乘坐军用专机离境，那位老将军都没有打电话过来，于是叶菲菲兴致勃勃地准备了行装，跟关琥一起乘机。

一切都很顺利，出境入境都是下面的人去处理的，到达温哥华是第二天清晨，那边有专人负责接应他们，送他们去了事先预定的酒店。

他们刚安顿下来，克鲁格就来电话了，说昨晚有一艘私人游轮出海，游轮登记的是一名加拿大商人的名字，经调查，那个人是假的，根本不存在。

此外，克鲁格还接到消息，这两天在南太平洋上空领域有过数次直升机停留的记录，所以很有可能是刘萧何双管齐下，在寻找消失的离岛。

一切都讲完后，克鲁格问："你准备怎么行动？我好派人配合。"

"让我考虑一下，回头给你答复。"

关琥对太平洋离岛群的地理环境不熟悉，一时间难以下决定，克鲁格明白他的想法，说："我会让手下继续调查他们的行踪，随时汇报给你，我也会尽快赶过去跟你会合。"

"不用了，这是我跟刘萧何的私人恩怨，你是军方的人，不方便掺和进来。"

"不能这么说，刘萧何设计我们，吞了一亿欧元进去，我们也非常希望尽快抓到他，所以经费等问题你不必担心，我会自行处理……"克鲁格说完，犹豫了一下，又说："关琥，一切小心，祝顺利。"

看来这些人还不知道那一亿早就转去他大哥的户头里了。

听到这里，关琥有些心虚，他道了谢，挂上了电话。

"住这么贵的酒店，却不能到处玩，真是遗憾。"叶菲菲站在落地窗前感叹道。

酒店就在温哥华港口附近，对面就是海洋，近处楼层栉比，远处海天一色，如果是来观光的话，一定会很美好，但可惜他们是在亡命。

"下次我们有机会再来玩吧。"

"有机会的话，我应该不会找你的，关王虎。"

"你觉得这样贬低自己的前男友，会提高自身的价值吗？"

"没，我只是实话实说。"

那还不如贬低呢。

关琥把菜单丢给她，"至少你可以随心所欲地吃，假如你不怕增肥的话。"

"比起增肥这个问题，我现在比较担心我无故旷工，会不会被解雇。"

这是个好问题。

但担心归担心，叶菲菲却没有打电话请假，因为这很可能会引来不必要的麻烦，她化烦恼为力量，连点了几道甜点，关琥在旁边听着都觉得腻，他找了个观察环境的理由出去了。

其实环境没什么好观察的，没有人协助，关琥无法知道更多的有关刘萧何的消息，克鲁格的新指令还没有到达，他能做的只有等待。

关琥在酒店里面无所事事地转了一圈，很快就发现不对劲了，身后一直有人跟随，虽然知道那是克鲁格派来的人，但形同监视的感觉还是让人不太舒服。

这种监视一直持续到酒店门口，那些人直接把他拦住了，说出去太危险，现在是非常时期，凡事都要小心。

其实关琥并没有真想出去，而是试探他们的反应，看来对于追踪刘萧何等人，德国军方比他还要紧张。

关琥在酒店一楼买了盒烟，他没有抽，而是将一支烟放在手指间来回转动着，在去电梯的路上，突然想起刚才克鲁格跟自己说话时吞吞吐吐的反应。

前面他说了跟自己会合，后面又说祝顺利，有些自相矛盾，难道他在暗示自己必要时可以单独行动吗……

他相信克鲁格帮他是出于真心的，但那一亿欧元被吞，德国军方一定不肯善罢甘休，再加上他们也想了解刘萧何的目的，所以就顺手帮他提供了机会，说好听点是合作，说难听的就是利用关系，这也是为什么克鲁格说会亲自过来。

不过这种利用关系对他来说是有利的，所以他并不在意身先士卒，关琥转着香烟进了电梯，电梯往上走的时候，他无聊地叼着没点火的烟卷，琢磨接下来的计划，就在这时手机响了起来。

是叶菲菲的来电，关琥靠着电梯壁接听了，谁知刚接通就听到那边传来嘈杂声，好像桌椅被打翻了，他知道不妙，立刻啐掉香烟，同一时间掏出手枪将电梯监控探头击碎了。

电梯很快到了目的地楼层，门外的走廊上站了几个人，手枪一致对准电梯，就等门一打开就扣动扳机，但随着电梯门的开启，他们发现里面空空如也。

再往上看，就见电梯上方的隔板被启开了，还没等他们做出反应，关琥用脚勾住隔板，倒吊着从上面荡下，扳机连扣，双方距离很近，所以他弹无虚发，轻松就将想偷袭自己的敌人干掉了。

关琥在众人倒地的同时从上面跃了下来，迅速缴获了他们的手枪，别到自己腰间，然后观察着周围的情况，快步跑向客房。

客房门大开着，当中有人趴倒在地上，听到里面传来响声，关琥无视那具尸体，直接冲了进去，举枪对准对方，与此同时，那人也将枪口指在了他的眉间。

"自己人自己人！"

叶菲菲在旁边大叫道，生怕他们开枪，还拼命挥舞双手来强调。

关琥看过去，发现站在自己面前的人竟然是谢凌云，谢凌云一身普通的休闲衣服，但丝毫不掩她的飒爽英姿，看到关琥，她紧绷的表情稍微缓和，叫："关琥。"

"被你们吓死了。"关琥松了口气，放下了枪。

"刚才有人化装成服务生来偷袭我，还好凌云及时赶到，"叶菲菲拍着胸口，心有余悸地说："看来今后我还是跟你们学学功夫好了，这真是个暴力的世界。"

和平世界在另一边，谁让你一定要往这边走呢小姐？

关琥看看客房，他出去了还不到十分钟，这里已变得一片狼藉，除了翻倒的桌椅外，还多了两具尸体，看来敌人把他当主要目标，火力都集中在他那边了

"糟糕，又被盯上了。"看着现场，他皱眉道。

克鲁格跟他的利益一致，不可能出卖他的，所以关琥第一时间就想到这些是刘萧何派来的人，但刘萧何又怎么会知道他们的行踪？那就只有一个解释——克鲁格的属下里有内奸。

如果真是这样，那他们的处境就相当危险了，只怕在克鲁格赶到之前，他们还会连续遭受袭击，关琥给叶菲菲打了个手势，说："先离开这里。"

"跟我来，我有办法追踪到刘萧何。"

谢凌云一马当先冲了出去，关琥迅速收拾了东西，让叶菲菲走中间，自己殿后。

在去楼下的时候，他们又遇到了两伙追兵，还好被克鲁格的手下及时拦住了，其中一人帮他们带路，顺利跑出了酒店，酒店门口已经有人将准备好的车开了过来，示意他们上车。

谢凌云无视了他的好意，给关琥跟叶菲菲使了个眼色，带着他们继续向前跑，那个人急了，追在后面大呼小叫，想拦住他们，却没想到临时有辆轿车横穿过来，刚好将他们从中间拦截住，车门打开，驾车的人招呼他们上车。

谢凌云率先上去，关琥也掩护着叶菲菲上了车，车快速开动起来，克鲁格的手下有心阻拦，却追不上车的速度，只好掏手机，跟上司汇报紧急情况，然后眼睁睁地站在道边，看着轿车呼啸离去。

"又摆了克鲁格一道，希望他不生气。"

关琥转过头，看着逐渐远离视线的那几名属下，不由得叹了口气。

叶菲菲挠挠头，安慰道："应该不会吧，我们被人偷袭耶，这都不跑，那不是傻子啦。"

"是的，"谢凌云坐在副驾驶座上，说："克鲁格没问题，但负责配合你们的那些人里一定有刘萧何的眼线，情况危急，克鲁格会谅解的。"

"是啊，这还要谢谢凌云，对了，凌云，你怎么知道我们在那家酒店的？"

"这要多亏了李当归。"

"谢姑娘客气了，这都是举手之劳，为谢姑娘做事，在下绝对赴汤蹈火，在所不辞。"开车的人点着头，谦虚地说。

字正腔圆的国语发音，却不是德国菲利克斯家族的那位富三代少爷又是谁？

看着李当归把帽子摘下来，转头向他们问好，关琥很震惊，没想到在降头事件中，菲利克斯家族因为这位败家子损失了一亿后，还会让他到处跑，真不知他父母是对他过度溺爱还是懒得再管他，干脆就放羊吃草了。

再看到紧跟在他们后面的黑色轿车，关琥了然了，叹道："真没想到有生之年我们还能再见到。"

叶菲菲附和着点头，"me too。"

李当归没听懂他们想表达的意思，付之微笑，"不会的，我们都是好人，应该都会长命百岁的。"

关琥抚抚额头，不知道该怎么回应，只好问谢凌云，"这到底是怎么回事？"

"这件事说来话长。"

在李当归飞快的驾驶中，谢凌云讲述了自己最近的经历。

降头事件之后，谢凌云的父亲凌展鹏教授就失踪了，他在失踪前给谢凌云留了短信，大致是说自己所处的环境很危险，让她不要再跟自己联络，回去过正常人的生活。

但谢凌云没有听从，她跟报社申请了长假，然后踏上了寻父的旅程。

之后她拜托很多侦探社的人帮自己搜集情报，没多久凌展鹏就知道了她的行动，担心她这样继续穷追不舍会出事，只好主动打电话联络她，告诉她自己这几年的经历。

原来当年在敦煌石窟，凌展鹏跟同伴尚永清因为处置古物的问题发生了争执，他撞到墙壁晕倒后，尚永清以为自己失手杀人，仓皇逃离。

凌展鹏事后醒来，刚好遇到刘萧何率人来到石窟寻宝，但他们寻找的不是飞天遗址，而是具有放射能量的物质，凌展鹏跟他们在争执中误杀了刘萧何的手下，也就是留存在石窟里的那具骸骨。

说起来刘萧何也是个很变态的人，他并没有因此杀掉凌展鹏，而是夺走了他所有的物品后放了他。没有食物跟探险工具，凌展鹏在沙漠里无法找到离开的路，导致不断在原地打转，直到第五天，他又遇到了乘坐直升机经过的刘萧何。

那时刘萧何已经取到了需要的放射性物质，发现他居然还没死，便对他产生了兴趣，改变主意将他救了下来，带回就近的研究所研究他的身体机能。

但凌展鹏接受试验的时间没有很长，因为之后不久太平洋基地就塌陷了，导致刘萧何分身乏术，无暇理会其他研究所的事情，凌展鹏就趁机逃了出来，他也曾试着去找过谢凌云，但那时谢凌云常驻敦煌，根本没人知道她的行踪，所以两人就这样错过去了。

由于在试验所被注射过一些奇怪的药物，所以之后相当长一段时间里，凌展鹏的神智都时好时坏，为了不被刘萧何的手下寻到，他改名换姓藏在一家老人院里做事，不敢再去寻找谢凌云，直等到后来爆出飞天事件，他看了报纸上的连载，才知道了女儿的情况。

但即使这样，他也不敢跟谢凌云联络，以免连累她，只能暗中帮忙，可是后来他还是被刘萧何的手下找到了，刘萧何需要用人，便强迫他跟随，考虑到当时的状况，凌展鹏只好同意了。

"好复杂哦。"

听完叙述，叶菲菲长叹了一口气，说："不过还好伯父平安，你们顺利联系上了。"

"联系上归联系上，但却没办法团聚，父亲警告我说不要再掺和进来，否则刘萧何会利用我来要挟他，让他更被动。"

通过那次长谈，谢凌云理解了父亲的想法，为了不让父亲为难，她做出了回去的打算，谁知就在这时候，吴钩找上她，告诉了她司南的秘密。

"吴钩！"听到这里，关琥跟叶菲菲同时叫起来。

"是的，吴钩说他是私底下来找我的，他们在寻找司南，问我要不要去帮他们，他还特意说他没跟刘萧何提到我的行踪，我不知道吴钩这样做的动机，担心如果我拒绝的话，吴钩会将父亲跟我联络的事告诉刘萧何，只好答应了。"

关琥陷入沉思。

他不了解吴钩，试着以张燕铎的心态去揣摩，然后确定吴钩的那些话都是假的，刘萧何不可能不知道凌展鹏跟谢凌云的联络，他只是没有戳穿而已——除了那些雇佣兵，刘萧何身边跟随的人不多，他需要新血加入，而谢凌云就是个很好的对象。

他看看谢凌云，没有把自己的怀疑说出来。

"你们也在追查司南，大概也知道王火跟刘金他们的身份了吧？吴钩跟我说司南是王火等人帮刘萧何做的机关钥匙，三年多前，他们所在的基地因为海底地震而塌陷，所有收藏都跟随岛屿坠入海中，刘萧何的钥匙也在逃命中失落了，他们本来已经放弃找回，但近期刘萧何得到消息，才知道王火在帮他设计时，多留了一套备用钥匙，所以只要找到那些人，就可以重新开启机关大门。"

"所以才有了刘金等人陆续死亡的事件？"

"是的，那些人也很狡猾，在我寻找的途中，发现他们一个个被杀，后来我追着王火来到这里，他也消失了，我收到吴钩给我的情报，他们已经找到了王火，一起出海了，因为我父亲阻止他再跟我联络，所以让我在温哥华待命。"

难怪谢凌云会出现在刘金的死亡现场，当时王火也在的，看来她早在他们注意到五行组合之前，就盯上他们了。

"不过吴钩那人说话真真假假，我也不知道是否该相信，所以就自己想办法准备出海寻人，最后我找到了李当归，在要出海的时候，他的保镖说看到你们来了，身边还跟了很多身份特殊的人，我担心你们有事，就过去查看，没想到刚好遇到菲菲被袭击。"

谢凌云没有提她与李当归是怎么联络上的，关琥也没多问，对李当归笑道："连着出了两次绑架事件，你家人还放心让你一个人出门，真厉害。"

"哪有啊，你看看前面后面，都是保镖。"李当归用下巴指指前面，苦笑道。

后面那辆跟随的车辆关琥早就注意到了，没想到前面也有，他叹道："有钱有时候也挺烦恼的。"

叶菲菲把他推开了，饶有兴致地问谢凌云，"所以我们现在真要去太平洋寻宝了？可那只是个保险库啊，去海底寻找有没有点大海捞针了？"

"不是保险库，是整座基地城堡。"

"欸？"

"据说岛屿整个塌陷后，基地上的设施也是原样陷入海底的，那个收藏重要物品的地方是纯钢打造的仓库，所以很好找，但如果没有钥匙，强行打开的话，海水会一起灌入，所有重要资料都会被损毁的。"

"那是不是有黄金？黄金不会被损毁对吧？"

"嗯……究竟里面都放了什么，我也不知道，大概不只是黄金珠宝吧，否则就不用犯愁怎么开门了。"

"欸……"

这次是关琥把叶菲菲推开了，"就算里面有黄金，也不是姓叶的，谢谢。"

说着话，轿车到达了目的地——一个靠近海港的私家花园。

不过花园里没有花草，而是停放了一架小型直升机，螺旋桨在飞快旋动着，机舱里的驾驶员看到他们，跳下飞机，快步走过来。

其他跟随的车辆也陆续到达，大家下来后，关琥发现认识的人还不少，凤照青就是其中一个，他礼貌性地点点头，对方回了礼，表情却不善，一副不要再拉我们家少爷下水的样子。

李当归没留意到保镖们的一番苦心，走到驾驶员面前跟他交代了几句，又将谢凌云的东西递给了她。

谢凌云向他道了谢，向关琥和叶菲菲摆了下头，示意他们跟上，李当归见状，忍不住也追了上去，问："我不能一起去吗？"

谢凌云脚步微停，反问："你会打还是会骂？"

"可是，连菲菲都可以去。"

"我们不是去踏青，很危险的。"

"菲菲都可以啊。"

听着他们的对话，叶菲菲凑近关琥，小声问："为什么我被抓典型？"

"大概他没见过你泼辣的一面？"

关琥的回答换来叶菲菲一个手肘，他痛得弯腰后退，谢凌云对李当归说："你看，你行吗？"

李当归垂下头不说话了，看他这副模样，谢凌云有些无奈，拍拍他肩膀，说："出海太危险，我不能让你陪我们一起冒险，等我回来。"

李当归高谢凌云一个头还要多，被这样拍打，场面很滑稽，他却高兴地连连点头，主动上前用力抱了她一下，然后退开，说："那我会在这里做祈祷，你们不会有事的。"

谢凌云点点头，掉头匆匆走向直升机，叶菲菲跟在后面小声笑道："哇，凌云脸红了。"

"别乱说，我们只是普通朋友。"

"那样抱你还没被你打，还说是普通朋友？普通朋友肯帮忙调直升机？那我怎么没遇到这样的普通朋友？"

谢凌云的脸颊更红，快步上了飞机，叶菲菲跟关琥坐到后面，继续说："在一起，在一起，在一起。"

担心谢凌云介意，关琥把叶菲菲拉开了，教训道："这都什么时候了，别闹。"

叶菲菲又拐了关琥一手肘，坐好后，她托着脸腮无限感慨地说："我没闹，关琥，你看别人追女朋友都送表送项链，再看人家李大公子，直接送直升机，所以富豪的世界你是不会懂的。"

是是是，他是不懂，他现在只想知道收到直升机这么昂贵的礼物后，谁来开？

机舱里只有他们三个人，谢凌云坐在驾驶座位上，还戴着头盔，应该不是他想的那种吧？

谢凌云接下来的行动给了关琥解答，她伸手握住操纵杆拉起，又踩踏底部的脚蹬，随着她的控制，直升机徐缓升了起来。

关琥看得目瞪口呆，回过神，急忙探头看地面，就见随着引擎的轰响声，地面离他们越来越远，谢凌云驾驶得很稳，完全看不出是新手试飞。

"你居然还会开飞机？"他震惊地问道。

"只会开直升机而已，"谢凌云熟练地调节着驾驶杆，说："以前我不是多次去沙漠寻找过父亲吗？为了以备不时之需，就考了驾照，很容易考的，不过我实际驾驶经验不足，你们戴上降落伞包，以防万一。"

"不用不用，凌云我相信你的技术，身上又是避弹衣又是降落伞包，太重了。"

叶菲菲连连摇头，关琥也没特意戴伞包，而是在心里决定等这件事顺利解决后，他也要去考个直升机驾照，免得被某只狐狸嘲笑他没用。

李当归等人一直站在原地仰头看他们，随着地面渐远，大家的身影逐渐模糊，直升机在升到一定的高度后，谢凌云握住控制杆调节转位方向，直升机在空中掉头，迎着海面飞去。

转眼间，苍茫大海便近在眼前，下方是遥无尽头的海水，远处是碧蓝天空，一切都是那么的宁静，但关琥知道，宁静的背后是随时会席卷而来的恶浪。

希望张燕铎没事，在他到达之前，一切平安。

张燕铎醒来时，身处在一片黑暗之中，他没有被捆绑，因为刘萧何让人押他进来时，说了一句话——这世上没有锁得住流星的枷锁，如果他想走，那就让他走。

但这并不是刘萧何仁慈，恰恰相反，张燕铎充分感受到了他的恶意——老家伙知道他既然来了，就不会逃，所以才会故意那样说。

那天他束手就擒后，被吴钩等人直接带去刘萧何的公馆见他，他没想到刘萧何在亡命途中，还有钱置办那么豪华的住宅，看来他低估了刘萧何的势力跟财力了。

他将带来的司南给了刘萧何，并提出跟他合作找到消失的基地，刘萧何没有为难他，反而饶有兴趣地问他主动合作的目的，他的回答是他想过自由的生活，帮刘萧何拿到他需要的东西后，就算还了他的养育之恩，今后自己的人生跟他再无关系。

刘萧何爽快地答应了，张燕铎不知道自己信口杜撰的话刘萧何是否相信，不过刘萧何的承诺他是不信的，刘萧何抱了什么打算不重要，反正这一行他不会再给对方复生的机会，哪怕赔上自己的性命。

他不会让任何人伤害关琥，关琥一直不知道自己的生活被搅得一团糟，都是他造成的，他无法让人生重来一次，让自己重新选择，但是他可以改变今后的人生——既然祸乱的根源由他而起，那就也由他来结束吧。

房间很暗，张燕铎伸手摸摸周围，准备起来，但是在想到空间的高度后，他放弃了。

这个小地下室的高度刚过成年人的膝盖，面积也很狭窄，连滚动都不方便，所有行动只能靠爬行达到，稍微一不留神还会碰到头，那种撞头的滋味在他第一次醒来时就尝过了。

所以形象一点来说，他被关押的地方就像一个扩大版的棺材，他不知道这是哪里，因为为了表明自己的诚意，他接受了刘萧何的药物注射。

在迄今为止的人生中，张燕铎曾无数次被注射过这样那样的药，他早就习惯了，所以就算是事后会发作的毒药也无所谓，他从来没有珍惜生命的想法，对他来说，要完成任务，总要付出一定的代价的。

等他清醒过来后，已经身处在这个小空间里了，偶尔会有人给他送饭来，是仅有的一盘饭加一盘菜，量少暂且不说，还是馊了的食物，甚至没有餐具让他用。

为了吃到饭，他必须在狭小的空间里努力转动身体，让自己可以够到餐盘，然后用手将饭菜塞进嘴里，这种匍匐爬走的动作让他有种被当狗养的感觉，刘萧何多半就是这样想的，想通过这些羞辱的方式消磨他的自尊心，逼他低头。

而狭小黑暗的空间则会加重人的心理负担，在无法自由活动的地方长期待着，人会很自然地陷入暴躁、恐慌以及焦虑状态中——这是比用手铐脚镣锁人等手段更残忍的办法。

这样的状态他不知道持续了多久，因为饭菜送来的频度不定，他只能凭生物钟猜想从自己被关押到现在大约是两天，或许还要再多一些。

换了普通人，被困在不能视物并且无法活动的地方这么久，大概早就委顿不堪了，但刘萧何小看张燕铎的心理素质，从进入基地接受训练的那一天开始，他曾被关过很多地方，所以对他来说，空间的大小与真正的面积没关系，而是跟他的心情有关。

有时候，再大的地方对他来说也觉得狭小压抑，而有时候即使再小的地方他也感觉很大。

当初刚从基地逃出来，一个人生活的那段时间才是最难熬的时光，那时他拥有了真正的自由，可以随处走动，但开放的空间反而让他恐惧，他也是从那时候开始学太极的，以前他学各种拳法跟格斗术，是为了杀人，那是第一次，他为了调节自己的情绪，主动学习一种拳法。

效果很好，他在学习的过程中，逐渐了解了阴阳五行，气跟力之间调和的真意，也让自己偾张极端的情绪得到了缓解，所以当了解了现在的状况后，他表现得很平静，饭后就平躺在地板上吐纳入定，所以时间并没有那么难熬。

但要说完全没被打击到，那也是假的，至少有一样刘萧何成功了，那就是食物——他这辈子最爱美食，无法想象每天吃馊饭的感觉，可是为了生存，他必须忍受。

假如能活下来——每天醒来时他都这样对自己说——假如有明天，他一定要好好犒劳自己，去最好的餐厅吃最好的美食。

今天张燕铎醒来后，很快就发现不对头，隔壁有动静，不像是老鼠，而是人的呼吸声，这人应该是才被关进来的，因为他曾经检查过周围的状况，墙壁隔板很薄，如果一早就有人的话，他不会毫无察觉。

在不了解对方的身份之前，他选择了静观其变，躺在地板上继续吐纳运气，没多久，那边传来窸窸窣窣的响声，还有男人的轻咳，接着墙壁被敲打，那人在墙上摸索了一会儿，终于找到了可以活动的地方，在一番努力下，一小块木板被撬了下来，露出缝隙。

"嗨。"他在对面叫道。

张燕铎保持原有的姿势，没回应。

男人也不在意，凑在小缝隙里自顾自地说话，嗓音嘶哑，大约五十靠后的年纪，听声音既熟悉又陌生。

"我知道有人的，你也是被刘萧何抓来的吧，还撑得住吗？"

"还活着。"

张燕铎闭着眼，回忆曾在哪里听过这个声音，他很快想起来了。

在他跟随关琥去鑫源酒家问案时听过，还有更早，是在几年前基地的试验台上，当时这个人跟刘萧何谈论司南，由于磁勺的转动声太刺耳，他记得不是很清楚，但随着真相的慢慢揭露，他全都想起来了。

当时王鑫源，也就是王火跟刘萧何的谈话，以及王火对司南使用的讲解，现在全部都印在他的脑海里，这大概才是刘萧何即使被他坑了几亿进去，还是接受他回来的真正原因——刘萧何知道他的记忆力惊人，在开启机关时，让他跟随在旁边，假如王火捣鬼，他可以第一时间发现。

听到他的回应，王火很兴奋，几乎把整张脸都凑到了木板上，对他说："我记得你，你是老家伙的爱将，叫……流星对吧，他很看重你的，没想到你也背叛他了……"

"我没背叛他，"张燕铎冷淡地回道："因为我从来都不属于他。"

"那不重要，重要的是现在你打算怎么做？"

听到那头传来的桀桀笑声，张燕铎眉头微皱，"我不明白你的意思。"

"哈，你是聪明人，我也不是笨蛋，所以现在摆在我们面前的只有一条路，我们合作的话，成功的概率更大。"

"然后再像你的同伙那样被你害死吗？"

王火没有马上回答，过了一会儿，他笑起来，压低声音叹道："看来刘萧何真是看走眼了，他跟我说你是他训练出来的最完美又好用的机器，他错了，机器是不会有思维的。"

不理会他的赞叹，张燕铎做完吐纳，双手交叠放在腹上，保持平躺的姿势，说："司南的消息最初是你传出来的吧？"

王火嘿嘿笑了两声，这反应就证明张燕铎说对了。

"你在为刘萧何做机关的时候留了一手，做了一套可以进入程序的备份钥匙，当时你这样做，可能是为了防备被刘萧何暗算，并没有考虑到它的真正价值，直到离岛塌陷，刘萧何的基地组织溃散的消息传来后，你才想到可以趁机找到仓库，你在做设计时有见识过库房藏品，知道它的价值，可是以你们五个人的财力，无法到太平洋深海打捞，所以只能望洋兴叹。"

"后来事情发生了转机，在降头事件中你认出了我，你接着又查到了刘萧何等人的情报，于是你有了新的想法——刘萧何有财力却没有道具，只要你提供道具，跟他合作，那将会是一个完美的计划，所以你散布了有关司南的消息，等待刘萧何上钩。"

"本来一切都计划得天衣无缝，可惜我遇到了猪队友。"

王火叹了口气，接着张燕铎的话往下说："刘金不知道受了谁的教唆，还是他自己利欲熏心，竟然偷走了司南，我们在找到他后发生了争执，他溺水而亡，司南也失落在湖中，导致刘萧何派人来抢不说，我们几个人之间的信任关系也出现了罅隙，没办法，我只好舍车保帅，将没有用的都除掉。"

"他们不都是你的搭档？当年没有他们，你也没办法把司南从基地里拿出来。"

"是的，小伙子，想知道司南的秘密吗？"

可能这个秘密王火也憋很久了，他问完后，不等张燕铎回答，就自顾自地说下去。

"这个司南的原铜是从忽必烈的墓地里扒出来的，元朝葬墓你知道吧，那都是密葬，坟墓在哪儿就连皇族内部的人都不清楚，所以祭祀时需要以驼寻墓，但那都是胡扯的，他们确认墓地的方式是靠司南，一部放墓里，一部自带，靠近时利用司南磁性辨认方位，刘萧何正是听了我这番话后，选用了司南。"

张燕铎对古墓不是很熟悉，他只听过一些野史传说，说元代皇族下葬都采用万马踏平的方式，让外人无法知道墓地的所在地，再在地表杀一只小骆驼，让母骆驼记住这个位置，等来年祭祀时由母骆驼带路即可。

不过这些终归是野史，无法相信，相比之下，王火的司南之说的可信度比较高，他问："那司南真是从忽必烈之墓里盗出来的吗？"

"我没有骗刘萧何，至于刘金有没有骗我，那我就不知道了，不过他是盗墓大家，青铜也的确是古器，没必要作假吧？"

"这又跟刘萧何的仓库有什么关系？"

"当初刘萧何让我设计那套机关，我顺便在仓库内部设置了几个磁源，原理就跟忽必烈之墓一样，利用磁场产生共鸣，一旦有人强行进入，会导致磁场发生变化，房门会自动关闭。"

"为什么要这么麻烦？直接用红外线监视不就行了？"

"小伙子，你忘了你们是在离岛上，任何一种意外都会导致发电装置出现异常，所以我帮刘萧何多做了一道设防，当然，这个设防只是为我有机会带走钥匙做的铺垫而已。"

张燕铎想起了王火在刘萧何面前展示司南效能的那一幕，底盘上的磁勺转得异常快速，王火的表情充满了得意，对刘萧何说——这是最好的设计。

的确是最好的，因为他将刘萧何一并算计进去了。

刘萧何并非毫无弱点，就比如他骨子里也充满了矛盾，既疯狂地想拥有各种先进的技术，同时又崇尚古老的阴阳学说，才会让王火有机可乘。

"为什么当初你自称刘金？"

"以防万一而已，你看当刘金猝死时，刘萧何等人不是就因为找不到真正的设计者而束手无策了吗？"王火洋洋得意地说。

张燕铎感到背心发凉，他想大概刘金的死并非王火所说的误杀，他在一开始借用刘金的名字时就对他动了杀机。

"所以你的真正目的是转移刘萧何的注意，利用司南把备用钥匙拿出来。"

"不错，司南是我带来测试磁场的道具，刘萧何没理由扣留，不过更大的可能是他抱了利用完就干掉我的想法，所以没去理会我的东西，还好我早有准备，跟几位搭档联手，拿了佣金后顺利跑路了，刘萧何在付钱上不小气，那笔钱够我们几个轻松过下半辈子了。"

"既然如此，你老老实实当山村酒家的老板不是更好？何苦来冒这个险？"

"钱这东西，当然是有了还想要更多，再说你在我的酒店出现了，或早或晚，刘萧何都会追到我的行踪的，与其到时被动，不如主动出击，富贵险中求，冒险也是值得的。"

听了王火的侃侃而谈，张燕铎终于了解了围绕着司南发生的一系列死亡事件的真相，他冷静地说："现在的状况是你被抓起来了，不仅一分钱没得到，还随时面临死亡的危险。"

"哈哈，我是故意的，因为除此之外，我找不到靠近仓库的办法，但是一旦打开仓库，那就是我的天下了，别忘了里面的机关是我设计的，除非在基地塌陷时仓库的外部结构被破坏掉了，否则里面的气压跟供氧系统可以保证我们在里面正常行动。"

张燕铎不了解离岛塌陷的地方离海面有多远，但一定是可以安全到达的距离，所以刘萧何才会想方设法也要找到司南。

至于进去后如何把里面的东西运出来，刘萧何应该也有提前设想过，张燕铎对这个没兴趣，他在意的是刘萧何放在仓库里的情报资料，有了它，才可以将刘萧何的组织一网打尽，假如无法拿到，那至少要毁掉它。

"会跟你关得这么近，我有点意外，这也算是缘分吧，现在我的立场跟想法你都知道了，有没有兴趣跟我合作？"

张燕铎不说话，王火又说："至少比你跟刘萧何合作要安全，毕竟我们之间没有利害关系——我的目的是钱，而你的目的一定不是钱。"

"如果你想合作，至少要把里面的机关构造告诉我。"

"当然可以，不过，如果到时你跟我为敌的话，我也保证你会死得很难看。"

"你也说了我的目的不是钱，所以我为什么要害你？"张燕铎冷淡地说："我想先听计划，再决定是否有合作的价值。"

"好！"

在又吃了一次馊饭后，张燕铎终于被放了出来，由于长期处于黑暗狭窄的空间里，出来后，他的四肢变得僵硬，脚踝上像是扣了几十公斤重的枷锁，花了很长时间才沿着楼梯迈上船舱，还好光线是慢慢变亮的，让他不至于太难受。

吴钩在上面等着他，看到他这副模样，嘲笑道："你还好吧？"

"还活着。"

"接下来要潜海，你游得动吗？"

"那要试了才知道。"

张燕铎走到了甲板上，迎面海风吹来，带着咸咸的气味，外面天气很好，晴空下是无边的碧波，船只在海面上平稳地前进，偶尔会看到远方的小岛屿，让他神思一晃，想起了多年前自己在岛上生活的日子。

那段日子里有杀机，有憎恶，有绝望，但现在再回头看看，都变得不重要了，仿佛在他离开的时候，那些过往就已被大海淹没了，真不知道可怕的是这片海洋，还是人心。

随着视力的逐渐恢复，张燕铎看清了自己所站的地方，游轮比他想象的要大，船上却没有几个人，反而显得冷清。

刘萧何坐在游泳池旁的藤椅上，本跟凌展鹏站在他后面，除了他们跟一些雇佣兵外，张燕铎还看到了另一个熟人——那个精通心理学的崔晔。

崔晔是文人，他也会跟随来潜海，出乎张燕铎的意料，眼神扫过刘萧何，他有点明白刘萧何的想法了——

崔晔是刘萧何救回来的，所以这条命他爱怎么用就怎么用，就像基地上的那些试验品，在刘萧何眼中，他们从来都不是人。

这样一想，张燕铎忽然觉得崔晔很可怜，他曾经也是天之骄子，不知道这样被当家犬的生活他是否可以忍受。

"你脸色不太好。"打量着张燕铎，刘萧何说。

"如果你被关在棺材里几天，相信也不会很好的。"

张燕铎的讥讽换来撞击，吴钩从他身后经过，特意撞到他，张燕铎被撞得往前一晃，差点扑倒在甲板上，吴钩哈了一声，故意说："这状态真糟糕啊，只怕还没到目的地就晕倒了。"

张燕铎没理他，平静地站稳身子，问刘萧何，"什么时候出发？"

刘萧何摆摆手表示不急，又给本打了个手势，本走开一会儿，回来时手里拿了个托盘，放到张燕铎面前，托盘里放的是跟他这两天吃的一样的食物。

猪食残渣般的东西让张燕铎感觉反胃，他拒绝了，只要了一杯水。

刘萧何没勉强，在张燕铎喝水的时候，他眼望前方，说："接下来会是场大阵仗，记得好好做。"

"我会的。"

"不是会，是要你拿出角斗的拼劲，用成功来换你今后的自由。"

曾经角斗场上的惨状在张燕铎脑海里一闪而过，他看向周围其他几人，每个人的表情都不尽相同，看起来有些滑稽，他喝完水，说了以往每次跟对手拼命时必说的话。

"全力以赴。"

刘萧何满意地点点头，手指在座椅扶手上轻微地敲打，叹道："其实我还是希望你能留下来帮我，毕竟要训练出像你这样的人才太难了。"

感觉到了来自吴钩跟本的敌意跟憎恨，张燕铎在心里冷笑——刘萧何在故意挑起他们之间的纷争，让他不容易脱身，这是老家伙最喜欢玩的把戏。

崔晔嘴角上扬，似乎也看出了刘萧何的用意，不过刘萧何很聪明，暗示的话点到为止，马上换了话题，说："过会儿王火会被押来，跟我们一起探险，不过我不信他，他用司南开锁时你注意他的动作，看是否跟第一次一样。"

"这就是我的任务吗？"

"不，"刘萧何转头看他，咧嘴一笑，"你的任务是等东西都顺利到手后，干掉他，让司南这个秘密永沉大海。"

第八章

没多久，王火被带了上来，他同样也没被捆绑手脚，看脸色跟衣着，也没遭受武力打压，看来现在刘萧何的重点全都放在了寻宝上。

虽然跟王火有过几次接触，但这一次张燕铎才真正留意到他，王火跟他上次在鑫源酒家看到的消瘦猥琐的店主形象不太一样，跟五行那几个同伙的气场也相差甚远，难怪在刘金的命案现场看到这个人时，他没有马上联想到鑫源酒家的老板。

要说气质，王火更接近刘萧何的那种感觉，冷静、智慧、温文尔雅，但骨子里刻着冷漠，为了利益，可以毫不犹豫地牺牲掉任何一个人。

这大概是当初刘萧何跟王火合作的原因之一。

王火表情平静，被带到刘萧何面前，他微笑打招呼，刘萧何也回了礼，问："休息得可好？"

"托刘先生的福，一切都好。"

"也希望我们这次的合作顺利，一切都好。"

"有我的知识加刘先生的实力，怎么会不好呢？我要的不多，里面三分之一的东西给我就行了。"

"三分之一你知道是个怎样的数字？你吃得下吗？"

"刘先生你又不是我，怎么知道我吃不下？"

在游轮行驶中，两个人你一句我一句，聊得十分投机，就好像普通的商业谈判，谁也想不到彼此内心里暗藏的杀机，除了吴钩对现状漠不关心，一直在玩红笔外，其他人都紧绷着脸，目视海面一言不发。

寒暄词说完，刘萧何给崔晔打了个手势，崔晔将司南拿来，递到王火的面前。

为了防止损坏，司南放在亚克力盒子里，王火接过来，走到船头，将司南放平，又稍作调整，上面的磁勺便开始发出微颤，继而颤动加快，开始摇摆起来。

"其实我们离塌陷的地方已经很近了。"观察着司南的动向，他说道。

大家的好奇心被引了上来，都向前靠近观察，就见随着游轮的前进，磁勺加快旋转，发出轻微的嗡嗡声。

张燕铎不由得皱起眉头，这个声音让他回想到自己躺在试验台上的情景，于是那天的记忆愈发清晰了，他微微阖眼，眼前浮现出王火设定程序的画面。

有海风声阻碍，蜂鸣没有太影响到张燕铎的心绪，他睁开眼，注视着司南，故意说："如果要以磁场来判定方位，利用军用指北针不是更准确吗？"

"哈哈，流星你说外行话了。"

吴钩大笑起来，主动解释道："基地很容易找，但基地的面积有多大你想过吗？我们现在就在塌陷的地方航行，但是为了减少潜海的时间，仓库位置的确定当然是越准确越好。"

他向张燕铎伸过手来，手心里放了一个军用指北针，问："你要亲自试一下吗？指北针跟司南，哪个更准确？别客气，我还有备用的。"

张燕铎将军用指北针拿过来观察，果然发现磁针的摆动异常快速，看来他们已经离中心很近了，这种程度的地磁不会影响到游轮陀螺罗经的正常运转，在王火的指挥下，游轮航行不断进行微调，最后在某一点停了下来。

"就是这里了。"确定好方位后，王火转头问刘萧何，"谁跟我一起下去？"

刘萧何摆了下头，属下将潜海用道具陆续搬过来分给众人，刘萧何自己也选了一套，看来在这次的寻宝过程中，他不放心让其他人全权代理，这正合张燕铎的期待，刘萧何亲自督阵，他才有机会将这些人一网打尽。

从全套潜水的装备就可以知道他们接下来要去的地方有多深，张燕铎曾接受过这类的训练，他熟练地穿好潜水服，套上面镜跟呼吸管还有气瓶，又将潜水刀跟水下手电收好，以备急用。

这些人中只有崔晔是新手，不过在这一路上，他接受了相应的训练，在凌展鹏的帮助下穿好装备，刘萧何说："你不用勉强，在这里等我们也可以的。"

"我还是想下去看看基地的样子，如果撑不住，我会先上来，不会妨碍到大家。"

刘萧何没坚持，交代其他人留守游轮，然后率众人陆续下海，王火怀抱司南，下海后，慢慢往下潜去。

张燕铎被命令跟随在王火身后，刘萧何的说法是让他监视王火的举动，但张燕铎知道这是为了方便他们监视自己，这个做法其实对他有利，反正在达到目的之前，刘萧何不会暗算他。

在下到五十多米左右时，王火的动作开始缓慢下来，不是他发现了目标，而是来自水中的压力。

对于不常潜水的人来说，这个深度已经是极限了，但接下来的景观促使他加快了速度，就见一些属于基地的标记逐渐出现，曾经的角斗器具，试验台，还有各种仪器兵器乃至生活用品都散落在水中。

再往下走，熟悉的物品更多，张燕铎甚至看到了基地试验室的大门，不过门是扭曲的，门框也不见了，呈倾斜状仡立在水中，仿佛在恭候他们的到来。

水下是土质固体，方便大家站立，张燕铎跟随王火停在大门前往前看，就见大门那头是深幽的长廊，长廊弯曲阴暗，耳边依稀响起锁链的哗啦声，曾经他每天都要经过走廊进入接受训练的房间，锁链是必不可少的陪伴物。

想起往事，张燕铎的手指微蜷，做出握拳的姿势，但他很快就按捺住了负面情绪，跟随王火穿过大门，向里走去。

令人惊异的是，里面的摆设除了一部分残缺外，几乎跟张燕铎记忆中的一样，走廊两旁高立的房门、半开的门板、弯曲而上的楼梯，甚至还有不少吊挂的灯具。

透过打开的房门，张燕铎看到了里面的试验台跟仪器，以及墙壁上的花纹，寝室里甚至还有幸运没打碎的花瓶，那种感觉就好像基地从来没有被毁坏，它只是从岛上整个移到了海底而已。

看来那场海底地震跟爆炸虽然毁掉了离岛，却因为当时塌陷的状况，而让一部分试验基地得以幸存，没有坠落到更深的海底空间，假若再下陷一百米的话，那就不是轻易能到的距离了。

张燕铎的心情很微妙，他曾经以为自己会痛恨再看到这样的环境，但此时他却又有种熟悉的安稳感，鱼群在建筑物之间不时地游走，是这里唯一的生机，张燕铎默默地跟在王火身后，偶尔看到白骨，那是当年没及时逃出来的同伴的骨骸，孤零零地躺在地上望着他们，像是一种沉默的欢迎仪式。

那间所谓的仓库也没有被炸掉，大家又往前走了一段路，终于到了目的地——一扇巨大的钢制大门前。

大家陆续向门前靠拢，刘萧何冲王火打手势，其迫切心情不言自明。

王火从挂在胸前的包包里拿出盒子，将盒盖抽开，磁勺被他随手丢回包里，然后按动门上的按钮，门板当中有一小块移开，露出需要输入密码的键板。

失去了电源控制，指纹识别也好，密码确认也好，都失去了功效，王火看了众人一眼，仿佛自诩似的，伸手按住键板旁边凹下去的地方，不知他做了什么动作，那块凹处面积扩大，王火将底盘侧立着放进去，又用力一按。

张燕铎在旁边看着，恍然大悟，原来司南作为辨识磁场的作用还在其次，王火所说的盗墓古物等传说只是为了转移大家的注意，磁勺是作为掩饰功能存在的，真正可以打开这扇门的是底盘，底盘上的凹凸花纹才是契合机关的密码钥匙！

随着王火的动作，水中传来波纹，再接着波纹越来越大，底盘里面天干地支的部位陆续移开，跟门锁完整地合到了一起，钢门开始向两边缓缓移动，水中压力太大，但门板还是打开了可容一人进去的缝隙。

王火拿出底盘收好，侧身挤进去，张燕铎随后，就在他迈步的瞬间，海水突然涌来一阵震颤波纹，不像是普通的水波，他脚步微停，不自禁地仰头看向上方，心想难道是海面上有变故？

张燕铎的直觉没错，海上的确出现了状况，而这些状况都是游轮上的激战引起的。

谢凌云驾驶直升机进入太平洋的群岛领域，在海面上方循环飞行了很久，终于找到了这艘停在海面上的游轮，她降低高度观察，发现甲板上空荡荡的，一个人都没有，像是空船。

"会是这艘游轮吗？"叶菲菲满是怀疑地问。

看到游轮上设有停机位，关琥道："要不先下去看看？"

暂时找不到线索，谢凌云听从了他的建议，拉动操纵杆，将直升机徐缓降落到停机位上，却没有关引擎，以便万一遇到危机，可以随时离开。

"我跟关琥去探敌情，凌云你在这里等我们。"

叶菲菲毛遂自荐，拉着关琥跳下飞机，关琥将在酒店里缴获的手枪给了她一支，让她跟在自己后面，不要乱走。

叶菲菲听他的话，乖乖跟随他的行动，嘴上却说："看起来挺安全的，一个人都没有。"

"这么大的游轮一个人都没有，你不觉得奇怪吗？"

"是有点奇怪，但总比我们一下飞机，就被大家用枪指着好吧？"

两人说着话，在甲板上转了一圈，甲板上没有异常，但是当他们去了驾驶舱，马上发现不对劲了，两个看似船员的人倒地不起，关琥把他们翻过来，发现他们还有呼吸，只是处于昏睡的状态。

再去游轮船舱里，走廊上也三三两两倒了几个人，看他们的衣着打扮还有身材，都是雇佣兵，叶菲菲翻找他们身上，没有找到武器。

看来是有人用药放倒了他们，夺走了武器。

这是关琥观察了现场后做出的判断，虽然不知道那是什么药，但应该不是剧毒类的，他觉察到危险，一手持枪，一只手将叶菲菲拉去自己身后，以防有人偷袭。

叶菲菲也有点紧张，小声问："这是谁做的？"

关琥拍打某个昏迷的人，他的脸被来回拍了几下后，发出呓语，像是要醒过来，但还没等关琥问话，就头一耷拉又睡了过去。

看到他这反应，关琥脑海中灵光一闪，突然猜到了某个可能性，急忙拉着叶菲菲向外跑，叫道："凌云有危险，快去找她！"

叶菲菲还不明白是怎么回事，愣愣地被他拖回到甲板上，两人刚爬上甲板，就听轰的一声巨响传来，震动太大，整个船身都随之摇晃起来，叶菲菲慌忙握住旁边的扶手，才没被甩去楼下。

关琥扶住她，等震动稍微停止，两人冲去停机位，还没靠近，就见直升机的螺旋桨已经停止了转动，机身当中被贯穿了，破了个大洞，里面火势凶猛，光是看燃烧的惨状就知道刚才的攻击有多猛烈了，机身整个向后倾倒，几乎要翻进海中，黑烟翻卷，无法看到谢凌云的身影。

"凌云！"

看到这副惨景，叶菲菲急了，拔腿就要冲过去，被关琥一把拉住，迅速观察周围状况，在下一轮危机逼近时，他及时按住叶菲菲，扑倒在船舱后方。

与此同时，火箭炮的子弹擦着他们射了过去，在海面上方炸开，掀起腾空巨浪。

关琥感觉到船身随着子弹的爆开晃了几晃，嘴边传来咸味，却是飞溅的海水，他骂了句脏话，双手持枪，瞅准时机站回到甲板上，就看到对面站了一个高高胖胖的女人，女人肩上扛着刚从雇佣兵那里缴获的火箭炮，对准他们，做出继续射击的架势，正是酒店老板娘，也就是五行团伙里那个叫方河的女人。

"果然是你，"关琥举枪跟她对指，叫道："你居然没死！"

"我差点被掐死，还好缓过来了，所以现在要死的是你们！"

方河说着话，调整火箭炮的枪口，对准关琥扣下扳机，关琥一见不好，转身拉着叶菲菲躲避，谁知预想中的爆破声没有传来，对面响起女人的惨叫，接着是重物撞击的声音。

关琥探头去看，刚好看到方河被抢过来的灭火器打得撞去船舷上，火箭炮脱手而出，越过船舷落进了海中。

那个灭火器握在谢凌云的手中，她脸上多了好多黑灰，短发也散乱了，看上去更加威风凛凛，她将方河打倒后，抢起灭火器又是狠狠的一击，方河被打得头破血流，顺着船舷滑倒在甲板上，大声呻吟起来。

"凌云好厉害！"

形势瞬间扭转，叶菲菲忍不住握拳为谢凌云加油，又快步跑了过去，顺便踹了方河两脚，骂道："贱人，害我男朋友不说，还敢害我闺蜜，去死去死！"

"前男友，咳咳，"关琥及时把她拉开，说："别这么狠，踢死了她，我们就没法问话了。"

"便宜她了，"叶菲菲忍住了暴力，又上下打量谢凌云，看她手臂上的衣服破了，担心地问："凌云你没事吧？有没有受伤？"

谢凌云将灭火器丢开，说："没事，幸好这疯女人不擅长射击，让我有机会避开。"

"她只擅长下毒。"

关琥伸出一只手，轻松将方河揪了起来，顶在船舱壁上，问："你给那些人下了什么毒？"

方河被打得满脸是血，关琥还以为她会硬着脾气不说，谁知她居然老实回了话。

　　"不是毒，只是烈性麻药，跟上次弄晕你的一样。"

　　听她这样说，关琥稍稍放心，这女人心狠手辣，又喜欢下毒，他最担心的是张燕铎也因此中毒。

　　"你是怎么上来的？刘萧何那些人呢？"

　　为了不让对方觉察到他对张燕铎的担心，关琥特意提了刘萧何的名字。

　　方河呼呼喘了两口气，看到他们手里的枪支后，放弃了硬碰硬，说："是王火想办法把我藏在船上的，他自己故意装作被抓住，好让刘萧何掉以轻心，然后趁他们去打捞宝藏时，我给这些人下毒，本来我想用毒药，但王火说这些人还有用。"

　　"他们会睡多久？"

　　"至少两个小时，"方河说完，冲关琥咧嘴一笑，"如果刘萧何他们两个小时都还回不来，那应该就没命回来了。"

　　"他们都下去了？"

　　"对呀，还有你哥，哈，已经去了十几分钟了，真想知道他们现在在下面遇到了什么。"观察着关琥的反应，方河故意用手往下指指。

　　想到海底的凶险，关琥开始心神不定，他了解张燕铎的身手跟机智，但他面对的是更凶残的敌人，还有狡猾狠毒的王火。

　　谢凌云觉察到他的动摇，拍拍他的肩膀，又问方河，"那你的任务又是什么？"

　　"弄晕那些家伙，缴获他们的武器，占领这艘船，逼迫他们之后为我们做事，没想到你们会来得这么快，我只好先出击了。"

　　"你这样做就好像确定最后上来的人一定是王火。"

"一定会是他，别忘了装宝藏的仓库是他设计的，他动一动小指头，就可以瞬间毁灭那地方，再说，如果他上不来，那那些人就更没机会上来了，最多大家死一起，总之我不会吃亏。"

这个胖女人算计得还真多。

关琥看向谢凌云，谢凌云放开了方河，这女人留着是祸害，但看她被打得已经没了还手之力，也不想再为难她，侧过身跟关琥比画了个捆绑的动作，叶菲菲眼睛一亮，说："交给我。"

她跑去船舱找绳子，这时停机位那边传来响声，关琥跟谢凌云转头去看，原来是直升机重心后移，滑向了船舷那边，由于机身还在燃烧，状况很危急，关琥急忙说："先把它弄去海里。"

否则飞机油箱爆炸的话，很可能危及游轮。

谢凌云点点头，没再理会方河，掉头向后面跑去，关琥跟随其后，谁知刚跑了两步，就听到细微响声从后面传来，他的身体反应快过大脑，感觉到不妙，抱住谢凌云往前扑倒。

子弹射偏了，打在了前面的船舷上，关琥惊魂未定，转过头，就见方河双手握着一柄掌心雷，她居然还偷藏了家伙！

发现失手，方河接着又连开几枪，趁着关琥跟谢凌云躲避，她掉头就跑，可是没跑多久就被关琥追上了。

几次受这女人的暗害，关琥怒从心起，这次下手没含糊，跃起身飞脚踢在她的后心上。

方河向前跟跄了两步，抓住船舱扶手才没跌倒，发现逃不掉，她转过身，又准备冲关琥开枪，被关琥抢先握住枪管往外一拧，就轻易将枪从她手中夺了下来，另一只手揪住她的衣领往船舱上猛力一贯。

方河被撞得两眼翻白，全身发出颤抖，关琥挥起枪柄就要再给她迎头痛击，却发现不对劲，他临时刹住，松开了揪方河的手，但方河没有就此滑下去，而是依旧贴在船舱壁上打战，接着嘴巴鼻孔流出鲜血，就此不动了。

谢凌云跑回来，看向方河身后，就见方河的后脑插在鱼枪的枪钩上，因为关琥的过度用力，弯起的鱼钩整个贯入了她的后脑，导致她瞬间致命。

船舱上挂了不少潜海道具，大概是刘萧何等人下海之前做的装备，谁也没想到这会成为致命的凶器，只能说是方河咎由自取。

对面传来脚步声，叶菲菲拿着找到的绳索跑过来，看到这一幕，她眨眨眼，说："我们好像省事了。"

"我不是故意的。"

虽说方河不是好人，但关琥并没想让她死得这么惨，作为警察，他最讨厌的就是这样的暴力行为。

"我觉得比起歉疚来，我们现在还有更重要的事要做。"

谢凌云胆大冷静，转头看向那个处于半倾斜状态挂在船舷上的直升机，她掉头向驾驶舱跑去，说："得想办法把它弄下海。"

三人跑进驾驶舱，越过那两个还处于昏迷状态的人，观察驾驶台上的各种仪器跟舵盘，谢凌云试着按动驾驶台上的按钮，调整游轮的方向跟速度。

看她做得认真又熟练，叶菲菲忍不住问："凌云啊，你不会是还有游轮驾照吧？"

"没有，不过机械原理都是相通的，试试也没关系。"

正如谢凌云所说的，在她摸通了几个操纵键钮的功能后，游轮开始摆头，但因为晃动得过于激烈，关琥跟叶菲菲差点摔倒，两人抓住控制台的边缘，在游轮又连续再次摆尾后，就听轰隆巨响传来，直升机坠入海中，而游轮也不受控制地向前冲去。

关琥慌忙配合谢凌云按动操纵键，叶菲菲负责转舵，在三人的齐心合力下，游轮终于调转方向，转为徐缓前进的状态，脱离了直升机爆炸而带来的威胁。

"真可惜，李公子刚送的定情信物就这样报废了。"在确定没危险后，叶菲菲发出嗟叹。

谢凌云揉揉额头，"我也在犯愁怎么还这个人情。"

"如果我们找到藏宝的仓库，那至少可以还钱。"

"还有我的房贷，虽然比不上飞机的价值，但那也是钱啊。"

说笑归说笑，三人这时候都不敢放松戒备，叶菲菲找来潜水用具，关琥跟谢凌云换上，又取了必要的装备下海，叶菲菲不会潜水，选择留守游轮。

关琥很担心游轮上还潜伏着王火的同伴，怕留她一人在游轮上更危险，叶菲菲乐观地说："我有枪的，要伤我可没那么容易，大不了我逃啊，虽然我不会潜水，但怎么用救生筏我还是懂的。"

"那你一定要小心。"

"你们也是，记住，钱不重要，你们一定要保证平安归来。"

听了这话，关琥有那么几秒钟的感动，但等他跳入海中时，隐约听到叶菲菲在上面叫道："关王虎，为了我的房贷加油，you can do it！"

好吧，他从来都不该对自己的前女友抱太多幻想的。

王火顺利开启仓库之门，进入了里面，在张燕铎也进去后，其他人也跟在后面依次走进去。

司南之门的后面另有一道封口的大门，不过这次的操作很简单，王火是用钥匙开的，由于内外压力的制约，海水没有灌入，等大家都进去后，王火关上门，于是众人就处于完全封闭的空间里了。

大家摘下面镜，为了方便走路，性急的人连脚蹼也脱了下来，换上软胶鞋，用荧光棒照亮，观察着内部状况向里走，由于人人各怀鬼胎，行动队的前后组合在无形中发生了变化，张燕铎反而落在了后面。

跟其他人一样，张燕铎也对这个传说中的仓库充满了好奇。

虽然他在基地住了十几年，却从没进入过这里，仓库比想象中要大很多，居然还是上下两层，以铁质楼梯连接——这里就像是一个大集装箱，内部完全密封，在损毁性的坍方后，它还可以保证这样的完整度，可见当初在建造仓库时，刘萧何投入了多少资金。

刘萧何命人确认了供氧设备完好后，让大家关了气瓶，感叹地说："当初我是为了防止被误关进密室出现意外，才特别安装供氧，没想到会用到这里，人生真是各种难以预料。"

大家跟随他往里走，空间两边的铁架都是固定住的，所以基本保持原状，但摆放在上面的物品都掉落了，横七竖八地堆放了一地，有各种最新试验仪器跟磁盘，大部分的人不了解它们的价值，直接走了过去，这里是否真的藏有黄金珠宝，这才是大家最关心的问题。

结果没让他们失望，在经过放置仪器的地界后，里面便是收藏财物的地方，当看到眼前一堆堆散乱摆放的金条后，众人都情不自禁地同时吸了口冷气。

仓库里没有灯光，否则这座金山足以晃花大家的眼睛，王火率先冲上去拿起一根金条端看，叫道："这些如果都是真的，那该值多少钱？"

"我不知道，我一直关心的是有了它们后，可以让我再进行多少试验。"

张燕铎看了刘萧何一眼，他想这大概是刘萧何说的唯一一句实话了。

"作为一起随我来探险的答谢，这些金条大家随便拿，只要你们可以顺利带上海面。"

有了刘萧何这句话，那些雇佣兵一齐冲上去抢金条，王火也飞快地往自己的包里塞，反而是吴钩跟本几个人不太有兴趣，本在仓库的其他地方四处打量，吴钩转着红笔查看挂在架子上的一些珠宝，而崔晔在拿了几根金条后，就转去检查那些仪器。

张燕铎跟凌展鹏对望一眼，然后一起转去刘萧何身上，就见刘萧何无视金光闪闪的藏宝，快步走进仓库的最里面，在一个保险箱面前停了下来。

这才是老家伙真正想要的东西！

张燕铎快步跟上，就看到刘萧何在保险箱上按动密码，将柜门打开，里面的东西随之滑了出来，落了一地。

刘萧何无视那些大量不记名债券跟房产地契，在里面摸索了一会儿，找到一个十厘米长的透明管体拿了起来。

水晶管里嵌了几枚磁片，张燕铎马上知道了磁片对刘萧何的价值——那是迄今为止所有跟恐怖组织有过联络的名单跟情报网，黄金有价，这份资料却是无价的，刘萧何可以凭借它再度将那些关系网握进手中，甚至要挟对方跟自己合作。

一想到那份资料近在咫尺，张燕铎就按捺不住内心的悸动，他迅速走到刘萧何身边，以迅雷不及掩耳之势去夺他手中的圆管。

眼看着东西即将到手，一道红光向张燕铎的手腕劈下，逼得他不得不后退，就见吴钩站在刘萧何身旁，手持拉长的红笔，微笑看他。

"我就知道你不会真心跟我们合作的，流星。"

"我只是好奇想看看。"

"不，你是占有，或者……"吴钩扫了水晶管一眼，调侃道："毁灭。"

"没有。"

"别否认，你最擅长做这个了，当初基地塌陷时，也是你引爆了设施里的电器设备，还炸掉了我们要搭乘的船只，不是吗？"

张燕铎沉着脸不说话，本走上前，抬起手枪对准他，其他人接到指令，也暂时放开抢金条，拿出枪，一齐指向张燕铎。

王火也停止了行动，站在圈外冷眼看他们对峙，做出两不相帮的架势，只有凌展鹏站在张燕铎身旁没动——他们面对了十几个人，个个手持武器，而他们这边却只有两个人。

"流星，你真让我失望，"刘萧何拿着水晶管，在手里把玩着，一脸沉痛地对张燕铎说："我一次次地信任你，给你机会，希望我们还能像以前那样，可是你却辜负了我的苦心。"

张燕铎表现得很冷静，面对刘萧何的痛心疾首，他淡淡地道："说到最后，你也只是为了自己。"

"没有我，能有你的今天吗？"

张燕铎没有回答他这句话，而是说："你找到我时，一定以为我想逃对吧？你错了，我从来没想过，我等了这么久，就是想毁掉这里，不光是你，还有你的组织！"

张燕铎说完，转头对凌展鹏说："凌教授，这不关你的事，你撤开。"

"不行，这种时候，我不能留你一个人！"

听了他们的对话，刘萧何哼哼笑了两声，将水晶管放进口袋里，然后打了个手势，本立刻拉下保险栓，便要扣扳机，却被吴钩拦住，对刘萧何说："我想跟他实打实地干一场。"

"杀了他。"

刘萧何说完，转身便走，本听了这话，脸上露出不忿，他屡次在张燕铎手下吃亏，实在咽不下这口气，走了两步又掉回头，示意手下开枪。

人太多，这次吴钩没来得及拦住，就听枪声响起，但倒地叫痛的却不是张燕铎，而是对面站的雇佣兵。

众人一齐转头向开枪的地方看去，就见晦暗空间的另一边不知什么时候多了两个人，为首的男人双手持枪，威风凛凛地站在那里。

面对大家的注视，关琥一抖枪柄，喝道："这么多人打两个人，你们要不要脸！"

看到他，刘萧何先是一愣，随即脸上挂起笑容，说："救兵到了哦，居然让你逃出了酒店的暗杀，让我对你刮目相看，不愧是流星的弟弟。"

"你刮目相看的不该是我可以找到这里来吗？"关琥对他的称赞无动于衷，冲他一挥枪口，"少废话，把东西交出来！"

刘萧何哈哈大笑，像是听到了什么不得了的笑话，说："兄弟同葬大海，也是很不错的，好好招呼他们。"

他最后一句是对本等人说的，交代完便走，关琥抬手要开枪，谁知对方的火力更急，一齐向他开火，他只好拉着谢凌云就地滚开，躲去了铁架后。

张燕铎担心他们受伤，没理会刘萧何的离开，抢先向那些雇佣兵发起攻击，冲上去挥拳便打，让他们没办法射击。

吴钩看到他们开战了，也挥舞武器冲了上去，拦住张燕铎的攻击，而本则开枪偷袭，被凌展鹏顺手抄起地上的一些杂物甩了过去，让手枪偏了准头。

那边崔晔跟刘萧何抢先往外跑，却被谢凌云抢先截住，飞脚踹了过去。

刘萧何会一些功夫，但是跟谢凌云相比，还是差得太远了，他被步步紧逼，不得不又再次退回原地，急忙招呼其他手下保护，将谢凌云跟关琥拦在当中，用枪指住他们。

"你真以为我不知道凌展鹏一直跟你有联络？"刘萧何站在外围，用手指很嚣张地点着谢凌云，说："当初是我救了凌展鹏，可是他不仅不感恩，还跟你联手屡次坏我的好事，你们父女真是不知好歹。"

"我呸！"谢凌云手持弩弓，无视其他指向自己的枪口，将箭头对准刘萧何，喝道："什么救助？你根本是想利用我父亲做人体研究而已！"

"可是如果没有我，他早就死了不是吗？所以他之后生存的每一天都是属于我的，我让他做什么，他没有拒绝的权利！"

面对刘萧何如此无耻的言论，谢凌云再也忍无可忍，按动机关将弩箭射了过去。

刘萧何早有防备，向后退开，其他雇佣兵一拥而上，关琥挺身帮谢凌云挡住那些人，将来时带的鱼枪拔出来当长枪来用，挥舞着，陆续击中那些人的手腕，让他们没有办法再开枪。

人墙在两人的抢攻下很快就塌陷了，关琥越战越勇，将鱼枪使得虎虎生风，瞅准空隙冲上前，再次挡住了刘萧何跟崔晔的去路。

他冲崔晔甩了下下巴，意思是你走你的，我不拦，但刘萧何绝对过不了这一关，崔晔明白了，立刻向旁边退开，表示他们之间的矛盾与自己无关。

看到这一幕，刘萧何的脸色阴沉下来，突然掏出手枪向崔晔扣下扳机，崔晔慌忙躲去障碍物后，刘萧何还要再开第二枪，被关琥拦住了，鱼枪打在他的手腕上，将他的手枪打掉了。

不说刘萧何几次陷害他们兄弟，单是想起他多年来对张燕铎的欺压，关琥就觉得气愤难平，但现在他的目的不是报仇，于是挑起刘萧何的衣服一勾一甩，放在刘萧何口袋里的水晶管便被挑了出来，向旁边激战的那群人里飞去。

看到如此重要的东西飞远，刘萧何急得大叫，张燕铎也看到了，飞脚将吴钩踹开，跃身想抓水晶管，却被其他两名雇佣兵扯住双腿阻拦，他借力凌空一旋，绞住那两人甩去一边，可惜就在这一瞬间，水晶管便被吴钩抢先夺去，翻身落在对面，将水晶管衔在口中，又冲张燕铎招招手，做出有本事就来抢的挑衅手势。

见此情景，刘萧何急忙冲吴钩大叫："霓生，把东西拿过来！"

吴钩置若罔闻，刘萧何只好转去命令本，但是本的周围站的人太多，谢凌云跟凌展鹏父女又对他虎视眈眈，让他一时间无法冲进圈里抢夺。

在他们几人的攻势下，双方交战激烈，在无形中为张燕铎跟吴钩之间腾出了一个偌大的空地，除了王火忙着装金子外，余下的人都处于混战状态。

张燕铎跟吴钩相对而立，面对对方嚣张的态度，他仿佛回到了当年角斗的战场，但张燕铎已经不是试验品了，他相信吴钩也不是。

他伸出手来，说道："不要一错再错了，把东西给我。"

吴钩从口中取下水晶管，不过不是递给他，而是丢进随身携带的袋子里，拉上拉链，冲他冷笑道："错的是我们，流星，从我们动手杀人的那一刻起，一切都无法再回头了。"

"可以！"

"所以你才给自己的酒吧起名涅槃，希望重生吗？真好笑，你的双手上沾满了血腥，居然想立地成佛，别再自欺欺人了。"

"谁说他回不了头？他当然可以，因为他有我，有朋友，你没有！"

打断两人的对话，关琥在谢凌云的协助下冲进了圈子里。看到他，吴钩的表情多了份嫉恨，张燕铎则是难以掩盖喜悦的模样，尽管他努力掩饰了，却不怎么成功。

"你身上还有伤，不该来的。"他言不由衷地说。

关琥对他的回应是迎面一拳，气鼓鼓地说："被人丢掉，我心里的创伤更大。"

张燕铎没躲，被打得向后一晃，他揉着脸颊想笑，关琥又冲过去，给他右脸颊也来了一拳，一边一下，不偏不倚。

张燕铎任由他打，嘴上却说："事不过三喔，弟弟。"

"你也知道什么叫事不过三吗？"关琥冲他冷笑："你说你这是第几次骗我了，张燕铎？你这个自以为是的家伙！"

张燕铎把眼神瞟开，不说话了。

关琥还没骂够，这一路上他都憋着火，明知现在情势危急，但是在看到罪魁祸首后，还是忍不住骂了出来，指着他叫道："我不管你是不是出于好意，我都不会领情的！你知不知道因为你的自作主张，我差点被方河……就是那个胖老板娘干掉，要不是菲菲碰巧赶到，我就死了！"

"不会的，我联络了……"

"闭嘴，我不想听你狡辩！"

张燕铎闭上了嘴，倒是吴钩在对面看不过眼了，将红笔甩了几个花，调节着适合攻击的长度，说："我是来跟流星比试的，不是看你们兄弟打情骂俏的。"

"你也闭嘴！"

关琥正在火头上，冲吴钩大吼完，转头见张燕铎还揉着脸颊不说话，他咳咳两声，小声说："如果你打算道歉的话，可以开口。"

总算拿到了可以开口的许可，张燕铎松了口气，说："对不起，是我的失误，不过我有……"

"抱歉以外的话我不想听，反正你就算道歉，下次还会重犯的，然后再道歉，一次次把我丢下，你当我傻子啊！"

"下次，"听到这话，张燕铎笑了，看着他，郑重地说："下次我一定跟你并肩作战。"

这次是关琥把头扭开，不说话了。

"亲兄弟，这又是何必呢？"

吴钩一点都不介意关琥的暴脾气，看完戏，笑嘻嘻地对他说："你这种生气也太奢侈了，难道你不知道你哥这样做，都是因为担心你吗？"

"你闭嘴！"

这句话是两人同时发出来的，吴钩耸耸肩，"这时候你们的阵线倒挺一致的。"

"跟他们啰唆这么多干什么？赶紧干掉走人。"本突破围攻，冲进来喝道。

关琥转头看去，就见凌展鹏父女对付数名雇佣兵，情势危急，他急着过去帮忙，匆忙中对张燕铎说："这笔账给我好好记着，回头收拾你。"

"是是是。"

张燕铎难得的这么好脾气，但是在看到本之后，他的表情瞬间绷紧，做出了防御的招式。

不过本没有攻击到他，因为半路就被关琥截住了，硬是将他再次逼出圈外，同时探手从包里掏出一件物品抛给张燕铎，喝道："接着，把那家伙打趴下！"

东西甩来，张燕铎抄手接住，居然是一对甩棍，吴钩看到，哼了一声，"你弟弟还真是关照你，不过能不能从我这里抢走东西，还要看你的本事。"

"你欠揍！"

张燕铎双手各握一柄甩棍，冲向吴钩的同时将甩棍甩开，向他当头劈下，他攻击的力量很大，吴钩不敢硬敌，急忙侧身闪避，又横刺红笔，笔尖指向张燕铎的喉咙。

时间紧迫，张燕铎无心跟吴钩应战，就势凌空一翻，甩棍一头劈向他的肩膀，另一只手横撞，迫使他不得不弓身，然后趁机抢他的袋子。

吴钩这次没有躲闪，而是在弓身的同时跃起来，半空中腰身一扭，用膝盖撞向张燕铎的胸骨，袋子随着他的拧身，晃去了一边，导致张燕铎没有抓到。

简单的几个回合中，两人都各自挨了一下，在稍微停顿后，他们再次战到了一起，两个人一个单手挥舞红笔，一个双手持棍痛击，动作既迅速又狠辣，谁都没留丝毫情面。

不一会儿，张燕铎的脸颊就被红笔笔尖刺破了，吴钩的手臂跟大腿也遭受痛击，但二人非但没有退缩，反而越战越勇，招式也用得越来越阴狠，都恨不得一招致对方于死地。

刘萧何在圈外看得又急又怒，喝道："霆生，不要再打了，把东西给我！"

吴钩置之不理，刘萧何又冲不进去，只好转去命令本，可是本被关琥缠住，两人正斗得激烈，根本无暇顾及，刘萧何气急了，正要拨开人群往前冲，忽然一阵轰隆声传来，大家所处的空间来回摇晃了两下。

这个突然变故让众人意识到他们现在不是在陆地上，并且不是在氧气充足的区域里，他们随时面临着死亡的危机。

想到眼下的状况，大家都不约而同地放慢了攻击的速度，就在这时，空间晃动得更加厉害，像是地震的那种感觉，而且由于他们在类似集装箱的密封空间里，震感就愈发的明显，蜂鸣声不断在空间中回荡，预示着危险即将来临。

"这是怎么回事？"

关琥转头看向王火，这里是王火设计的，他最了解里面的构造，谁知却看到他拿了东西后，掉头往前跑去，其他人也不顾得拼命，纷纷沿着来时的路跑向门口，慌乱中谁也没注意到王火跟他们跑的是不同的方向。

因为分心，关琥的手臂被本的蓝波刀划了一刀，心口也被踢了一脚，向后栽去，本又冲过来飞脚再踹，关琥忍着痛就地一滚，让他的踢踹落空，本还要再踢，地面晃动加大，让他不得不先自保站稳。

轰隆声加剧，先前跑走的那些人又再度跑回来，原来出口不知发生了什么状况，海水冲毁了大门，汹涌流入，转瞬间就将那些人淹没了。

关琥一见不好，急忙招呼凌展鹏父女跟随王火身后逃命，他转去帮张燕铎。

这时候王火已经顺着铁楼梯攀到了二楼，张燕铎跟吴钩也边打边退，两人在铁栏杆之间激战，很快也冲了上去，本听从刘萧何的命令，抢先关琥一步加入战团，但还没等他攻击张燕铎，就被吴钩一脚踹去了一边。

"这是我跟流星的对决，不相干的人滚开。"

"我们是来取东西的，不是来决斗的。"

没想到吴钩居然为了一争高下向自己出手，本不由得大怒，索性冲上前直接攻击吴钩，两个打一个，吴钩开始不敌，被逼得撞到栏杆上，冲力的关系，他向前一荡，差点掉下去，还好关琥及时赶到，拽住他的手，及时将他扯了回来。

面对吴钩惊异的表情，关琥伸手扯他的袋子，嘿嘿笑道："我是想要东西，不是为了救你。"

本见状，也冲上来抢夺，被张燕铎用甩棍逼开，争夺下，袋子被撕开了，水晶管落出来，吴钩一个俯身，无视张燕铎挥下来的甩棍，抄手握住，就在他握住的那一瞬间，甩棍也逼到了近前，顶在了他的左颈动脉上。

吴钩呼呼喘着，盯着张燕铎，见他没有攻击的意思，便问："为什么不动手？"

"我不想杀我弟弟救了的人。"

在这对峙的瞬间，下面的海水已飞速地漫了上来，很多雇佣兵都被冲得不知去向，刘萧何勉强爬上来，看到这一幕，立刻叫道："杀了他，霓生，把东西拿过来！"

吴钩恍若未闻，刘萧何大怒，喝道："素霓生，你也要背叛我吗？"

这次吴钩终于有了反应，转头冲他大叫："我不是你养的狗，我叫吴钩，不叫素霓生！"

吼声中夹杂着枪声，子弹穿过了吴钩的肋下，他被打得全身一颤，抬头看向前方，就见刘萧何双手握枪对准自己。

此时海水汹涌得更急更猛，在场的几人却都没在意，吴钩望着刘萧何，忽然咧嘴一笑。

"你开枪干什么？难道你不知道我是不会痛的吗？"

"不想死就赶紧把东西给我！"

刘萧何给本打了个手势，让他去抢，吴钩却已将水晶管塞到了张燕铎的手里，本向吴钩挥刀，被他用红笔架住，冲张燕铎甩了下头，喝道："走！"

"你……"一瞬间，张燕铎突然明白了王火会被关在自己隔壁的原因。

"我输了，当然要做输者该做的事。"

吴钩一笑，表情轻松得就好像他现在面对的不是汹涌波涛跟穷凶极恶的对手，而是一场游戏，见张燕铎神情复杂，他懒散地道："记住，下一次我一定赢你！"

"我等你！"

张燕铎说完，转身拉住关琥就跑，吴钩闪身站在两道铁栏杆之间，刚好将本等人拦住，本向他挥刀，企图逼他撤开，但刀刚挥起，就听枪声传来，子弹贯穿了本的胸膛。

在本不敢置信的注视下，吴钩将枪丢去了一边，微笑说："我不是不会用枪，我只对我瞧不起的人才用枪。"

不知道本有没有听到这句侮辱性的说话，他顺着栏杆倒到了地上，吴钩摸摸肋下，那里血流如注，然后平静地抬起头，面对迎面冲来的刘萧何跟所剩无几的手下，他将红笔横在自己面前，说："好久没打架了，来一场吧。"

"素霓生，你敢坏我的好事，你这个叛徒！"

"我从来没想跟随你，我只是想杀流星而已，"吴钩微笑道："至少在我杀掉他之前，不允许任何人杀他。"

刘萧何还要再骂，海水整个涌上了二楼，浪头打来，将众人吞进了水中，紧跟着连续不断的爆炸声在四面八方响起，原本铜墙铁壁般的装置彻底损毁了，大量海水注入，顷刻间便将他们全都淹没了。

轰炸也在同一时间威胁到了张燕铎跟关琥，还好仓库特别的设计让他们暂时脱离了海水的吞噬，沿着细长的甬道奋力向前跑，很快就跟凌展鹏父女会合了，这里的水位没有马上升高，让他们可以勉强淌水奔跑。

王火跑在最前面，他已经找到了紧急出口，先用司南开了第一扇门，接着冲到第二扇门前，飞快转动一个类似舵盘的物体，随着吱呀吱呀的声音响起，舵盘终于打开了，但就在这时，后面再次传来连声巨响，紧接着整个空间都开始剧烈晃动，宛如天翻地覆一般。

关琥被晃得站立不稳，大叫道："这是怎么回事？"

"我不知道，我只是启动了爆炸装置，正常情况下，我们在这个地方，是不会有问题的。"王火哆哆嗦嗦地转着舵盘，哭丧着脸说道。

但这不是在正常情况下，而是在海底深处，会受缺氧跟压力等各方面因素的影响。

张燕铎没想到以王火对机关的熟悉，他会做出这么莽撞的事，只能说一个贪字让他利令智昏了，原本按照他们预定的计划，一切都可以顺利解决的，谁知道他会暗中启动爆炸系统。

周围嘎踏嘎踏的响声更刺耳了，整个空间像是要炸开了一般，看到在王火手中不断转动的舵盘，张燕铎直觉感到不妙，他叫了声不好，立即攥住关琥的手腕，另一只手用甩棍卡住旁边的铁架把手，几乎就在这一瞬间，大门架不住海水的压力，与快开启的舵盘一同撞了过来，王火被大门撞得向后飞去，顺眼便不见了踪影。

海水汹涌灌入，还好四个人一个拉一个，勉强没被水冲走，但海水的冲力实在太大了，再加上来自后方的爆炸冲击，两股力量卷到一起，超过了他们所能承受的程度。

张燕铎的神智有短暂的昏厥，但冰冷海水马上就让他清醒过来，他记起跟王火在关押室里的对话，急忙用手在周围墙壁上来回触摸，然后用甩棍猛力撞击，暗门被撞开了，露出里面的按钮。

他按下按钮，收纳式梯子落下来，这原本是为了运输物品而设置的梯子，却没想到会在这时变成了救命绳索，在海水的阻力下它无法完全卡在应有的位置上，但至少可以帮助他们攀援到大门的那一边。

由于梯子虚悬，张燕铎无法松开按按钮的手，他让漂浮在最后面的谢凌云先走，接着是凌展鹏，轮到关琥时，海水已经完全将他们淹没了，关琥在水中冲他拼命打手势，表示让张燕铎先离开，自己殿后，张燕铎摇头，将水晶管塞给他，做出马上离开的指令。

光线闪现中，关琥隐约看到张燕铎说了什么，情势凶险，他不该把时间浪费在争执上，便听从张燕铎的话，将水晶管收好，双手扣住铁梯，让自己尽快游出去，过了大门后，就立刻转头向张燕铎挥手，示意他快跟上。

张燕铎松开了紧按住按钮的手，扳住铁梯往前游动，铁梯失去了控制，开始收回，还好速度很慢，眼看着张燕铎即将游出大门，他身后突然传来巨响，剧烈的冲击下，海水就像开闸洪流，呼啸着向他卷来。

关琥见势不妙，冲过去去抓张燕铎的手，他感觉到自己握住了对方的手，但是手马上就被推开了，海底昏暗，可是那一刻关琥看清了眼前的一幕，张燕铎推开了他的手，并在被海水吞没的同时拉上了第二道门。

"哥！"

关琥嘶声大叫，想冲上前去抓张燕铎，但失去了呼吸管的保护，海水随着他开口大叫，猛地灌入他的口中，冰冷的感觉瞬间占据了他的意识，看着眼前黑暗的空间，他神智泛空，向水底慢慢坠去。

第九章

　　叶菲菲从来没像现在这样感觉到时间的漫长，十几分钟对她来说足有一个世纪那么长，长到令人绝望的程度。

　　四周都是海水，只有她一个人跟一个小气筏，在海面上孤零零地漂动着，她不知道这是什么方位，更不知道朋友们是否可以安全归来。

　　坐在气筏上，她一直停止不了打战，除了全身湿透的原因外，还有着她对眼下各种不确定因素的恐惧。

　　她不是怕死，握着手机，她不断对自己说，她只是讨厌无望的等待，崔晔对她说所有人都死了，她不信那个人的信口雌黄——凌云不会死，老板不会死，关琥更不会死，所以她选择了留下。

　　海底传来轰响，巨大的响声让海水不断翻卷腾起，在这样的震动下，救生筏不断地在水面上打转，叶菲菲只能低头俯身，双手用力抓住救生筏的一边，以免自己被甩进水里。

　　摇晃持续了很久才渐趋平静，叶菲菲慢慢抬起头，就见远处海面在平缓浮荡着，海水起起伏伏，隐约露出人影。

　　叶菲菲开心起来，急忙转动救生筏向前用力划去，一边大叫："凌云，关琥，是你们吗？"

海水中的人似乎听到了她的叫声，举手摇摆，叶菲菲将救生筏划得更快，没多久她就看到谢凌云从水中探出头，身旁还有个中年男人，他们扶着一个人，依稀是关琥，却不见张燕铎的影子。

叶菲菲迅速将救生筏划到三人身旁，在他们的帮助下，将人事不知的关琥扶上筏子。

"我们在水下遭遇了爆炸，我担心关琥肺里呛水……"

谢凌云自己的状态也很糟糕，她脸色煞白，全身在爆炸的冲力跟水压刺激下，连一句话都说不完整，双手不住地发抖，凌展鹏在她后心不断搓揉，帮她缓解不适。

叶菲菲猜出了凌展鹏的身份，她急忙制止了谢凌云的说话，说："你好好休息，让我来。"

因为工作关系，叶菲菲对紧急救护措施很了解，她迅速检查了关琥的心跳跟脉搏，然后将他放平，开始心肺复苏的操作，在进行人工呼吸的同时，又反复捶打关琥的心口，来回数次后，关琥终于有了反应，身体发出颤抖，呼出一口气来。

叶菲菲急忙拍打关琥的脸颊，呼唤他的名字，等他逐渐有了反应后，又在凌展鹏的协助下将他的身体翻过去控水。

关琥其实只是被气流呛晕了而已，并没有灌进多少水，在叶菲菲的救护下，他咳嗽了几声缓了过来。

见他吐出来的水中没有掺血，叶菲菲松了口气，揉动他的后心，问："有没有呼吸困难的感觉？能不能说话？"

"还……好，谢谢……"

气管被冲力伤到，关琥的嗓音嘶哑，但这反应就证明他暂时没事了，叶菲菲拍拍他的肩膀，示意他不用勉强，又看向谢凌云，原本想问张燕铎的行踪，但是看看大家的脸色，她忍住了提问。

谢凌云也逐渐缓了过来，转头打量周围，只见碧波万顷，当中只有他们这一个小救生筏，她问："游轮呢？"

"被那个姓崔的抢走了，"顿了顿，叶菲菲又说："他是第一个逃出来的。"

精确地说，关琥跟谢凌云下海没多久，崔晔就返回了，叶菲菲跟崔晔没有面识，但通过新闻节目知道有关他的事，看到他，立刻举枪对准他，询问同伴的下落。

崔晔告诉叶菲菲，其他人在宝藏仓库里打起来了，仓库里氧气不多，出口还被关上了，大家都凶多吉少，让她死心，跟自己走，叶菲菲拒绝了，她用枪逼迫崔晔后退，自己趁机解开救生筏逃离，还好崔晔的目的是钱，没对她穷追不舍，占领了游轮后便开船离开了。

"哥……我哥呢……"

在叶菲菲的讲述中，关琥的意识逐渐清醒过来，想起昏迷前的经历，他挣扎着爬起来，探身就往海里跳，被叶菲菲跟谢凌云合力拉住。

关琥醒来无力，不由急得大叫："我哥还在海里，让我去救他！"

"关琥你冷静点……"

"我现在不需要冷静，我需要救人，我们都出来了，我不能把我哥一人撂下！"

关琥还要再坚持，被叶菲菲直接甩了一巴掌，喝道："关琥，我好不容易才把你救活，你要寻死没关系，别当着我的面！"

谢凌云也劝道："关琥，你的心情我们都明白，但现在的状况不适合冒险，我想老板也不希望你那样做。"

在连续爆炸后，海里浮层一定会继续塌陷，再加上爆炸导致海水浑浊，无法视物，现在下去，别说救人了，根本是自寻死路——这些道理关琥都明白，但要让他眼睁睁地看着张燕铎死亡他做不到。

"我们再想其他办法，一定还有办法的。"

不知道是不是身体还没有完全恢复，谢凌云的话声在关琥听来很遥远，他支撑着坐好，发现胸口很闷，全身无力，现在就算勉强下海，也不可能潜很深，更何况不管他怎么不肯面对，理智都让他不得不接受现实——那么大的爆炸冲力下，仓库里的人只怕都凶多吉少，所以张燕铎才会在最后一刻拼死将自己推开……

关琥木然地看着前方海水，忽然想起跟张燕铎分开的那一幕，他慌忙抬起手，却带动着腰间发出哗啦声，一个袋子落到了救生筏上。

叶菲菲捡起袋子头朝下抖了抖，里面掉出两块金条跟一个圆盘，正是王火用来打开机关的司南底盘，原来王火在被海水冲走时，袋子也被冲掉了，里面的东西大部分都失落了，只剩个袋子，刚好挂在了关琥身上，被一起带了上来。

关琥没去注意那些东西，慌慌张张地翻找自己的包，直到在包里找到水晶管后，他才松了口气，闭上眼努力回忆张燕铎在将管子给他时说的话，他好像是希望自己将这个东西转交给谁，可是到最后他也没听到转交人的名字……

头顶传来轰隆声，大家抬起头来，就见一架直升机在上空飞行，在发现他们后，开始向他们靠拢。

"克鲁格来了，这家伙不愧是我的竹马，还是很聪明的，"叶菲菲看到，站起来冲上空用力挥手，叫道："这里这里！"

"是你联络的克鲁格？"谢凌云问。

"是啊，崔晔上船之前，我就试着用船上的通信器跟陆地联络了，让他们将我们的方位通知克鲁格，没想到他来得这么快。"

"也就是说他们可以帮忙救人！"这才是关琥现在最关心的问题。

叶菲菲做了 bingo 的手势，看着直升机缓慢降低高度，她开始用军事手语跟上方的人对话，向他们说明目前的状况，嘴上又说道："关琥你还不快谢我，这么漂亮又聪明的女朋友哪里找？"

顿了顿，她又追加一句，"前任的。"

四月是个阴雨连绵的季节。

这场雨连着下了两天了，到了晚间，不仅没有停的迹象，反而雨势加大，像是在无声地催促大家及早归家。

在这样的雨夜里，街道上几乎没有人，偶尔出现一两辆车，也是匆匆疾驰，没人注意到道边车位上停了辆黑轿车，而且驾车的人坐在里面已经有两个小时了。

车没发动，关琥一个人坐在黑暗中，默默地注视前方。

车前窗挂了一层雨帘，不过不妨碍他监视，旁边的副驾驶座上放着手机跟他顺路在便利商店买来的午餐，当然，也可以叫晚餐，反正他的饮食一直都没个准点。

因为再没有人来监督他的饮食作息了。

手机在播放今日新闻，关琥嫌吵，伸手关掉了，空间里只剩下不时传来的雨声，他的眼神一直没离开对面萧白夜住的高层公寓，手在购物袋里摸了摸，摸到面包，将外面的袋子撕开，塞进嘴里。

从他们在太平洋遭遇变故到现在已经过了五天了，前三天他一直都滞留在温哥华，除了等待克鲁格那边的搜寻消息外，他还要配合加拿大警方，一遍又一遍地讲述他们在海底的遭遇。

因为这件事牵扯的范围太广，除了德国军方外，加拿大警方也出面参与了调查，再加上其他各国施加的压力，导致那几天关琥被轰炸得筋疲力尽，还好有克鲁格帮忙协调，又借口他需要入院就医，这才让他摆脱无休止的问讯。

但关琥的顺从配合没有得到好的结果，海洋搜寻持续了数天，只打捞到一些零碎的珠宝跟金条，还有数名尸骨，尸体遭受鱼类咬噬严重，很难辨别生前的模样，关琥曾去认尸，却发现自己根本认不出来里面是否有张燕铎。

克鲁格说可以通过更精密的检查来判断死者的身份，但需要时间，让他少安毋躁，不过关琥更倾向于里面没有张燕铎，他不相信张燕铎会有事，一直以来张燕铎给他的印象都是无所不能的，他不相信那个人会那么简单地离开。

但不管他怎么坚信，事实是那天之后，张燕铎再也没有出现过，他在许多张燕铎常去的网站上留了言，等候他的回信，可是到现在都没等到对方的联络。

他无法一直在温哥华等下去，因为有更重要的事需要他去做。

关琥拒绝了谢凌云跟叶菲菲留下来陪他的好意，选择独自离开，在途中他曾考虑过好几种找出真相的方案，但最终在回来后，他还是决定先跟踪萧白夜的行动，再根据情况来应对。

可惜跟踪的收获不大，这两天萧白夜哪儿都没去，警局内部好像也都很平静，就像太平洋那边发生的事情完全没有传过来一样。

他相信这只是假象，有人压住了这件事，但他们绝对会有所行动，只是或早或晚而已。

面包有些干，关琥把手伸进购物袋想找水喝，摸了半天都没摸到，这才想起自己忘记买了。

因为以前这些事都不需要他来记，有人会为他做得妥妥当当的，给他做饭，提醒他的饮食作息，虽然常常捉弄欺负他，但也会在危险时刻跟他并肩作战——

透过挡风玻璃上的雨帘，关琥仿佛看到了自己刚去涅槃酒吧的时光，那个人站在吧台后擦拭酒杯，身板挺得笔直，灯光朦胧，让他的存在永远都显得那么神秘。

张燕铎就这样走进了他的人生，他们从认识、怀疑到之后的并肩作战，一切都配合默契，不知从什么时候开始，他习惯了座位旁坐的是那个人，他在心中认定了张燕铎是他哥哥，与记忆跟血缘无关，因为他相信是，那就是！

窗外的雨景变得模糊起来，关琥听到了自己的哽咽声，他将剩下的面包一股脑地塞进了嘴里，阻止自己的失态，如果张燕铎现在坐在旁边的话，一定会一边笑他一边抽纸巾，可是现在座位上放的除了一堆吃的跟手机外，只有那个司南的底盘。

加拿大警方没有扣下司南，这跟克鲁格的从中周旋有很大关系，作为这次冒险的纪念品，关琥把它带了回来，至于那两根金条，他给了两位朋友。

克鲁格曾提出陪他一起回来查寻真相，他拒绝了，这件事牵扯的范围太广，他不想再连累到自己的朋友。

克鲁格没有勉强，只在送他走的时候，对他说："如果你有麻烦，一定要联络我，不要一个人硬撑。"

其实他没有硬撑，他只是潜意识地觉得如果不是张燕铎跟他搭档，那他还是一个人做事更自由一些。

面包一下子塞得太多，又没有水喝，关琥差点噎到，手忙脚乱地去找其他饮料，就见对面公寓的灯灭掉了，那是萧白夜的卧室灯，不过就寝时间还早，所以关琥的神经马上绷紧了。

他的直觉果然没错，不多一会儿，萧白夜从公寓匆匆走出来，连伞都没带，快步跑去自己的车位，开车拐出了街道。

这么晚出去肯定是问题。

关琥将面包咽了下去，在萧白夜的车稍微开远一些后，他启动引擎，跟了上去。

萧白夜的车速很快，还好雨夜里没有太多车辆，所以关琥跟得很轻松，眼看着道路很熟悉，轿车一路开向自己曾去过的地方，关琥的心情复杂起来，双手不自禁地握紧了方向盘。

在一阵风驰电掣后，轿车拐进了一个住宅小区，车辆出入盘查很严，关琥便将车停在了附近的车位上，步行跟进。

之前他跟张燕铎曾跟踪萧白夜来过这里一次，所以确定萧白夜将要去拜访谁，也知道那人的住宅在哪里，在往陈世天的别墅走的时候，他的怒火又升了起来——

在不久前他还跟张燕铎共同追踪的，谁知才没过几天，张燕铎就出了意外，而这一切都跟萧白夜有关，如果不是为了找出真相，早在第一天回来时，他就会跑去痛殴萧白夜一顿了。

雨点打在脸上，降低了关琥的愤怒，取而代之的是疑惑——萧白夜跟萧炎是亲戚，有什么事他为什么不跟萧炎相谈，而是三番两次来找陈世天呢？

抱着这个疑惑，关琥来到陈世天的别墅，他深吸了一口气，暂时放下疑虑，同时也让自己冷静下来，做出备战的准备。

他先观察了周围的环境，绕过围墙上的监控，提气翻墙进去，再猫腰穿过草坪，就见二楼某个房间亮着灯光，相谈的人应该在那里。

楼房旁边有棵观赏用椰树，这为关琥的攀援提供了方便，他手脚并用上了树，在到达二楼的高度时，身子轻轻一纵，跃到了二楼房檐上。

房檐平缓，虽然下雨天打滑，却没有妨碍关琥的行动，他小心翼翼地靠过去，贴在外沿墙壁上，观察里面的状况，但很快就发现萧白夜跟陈世天并不在这个房间里，而是隔壁。

两个房间相邻，隐约可以听到说话声，却偏偏听不清楚，关琥有些后悔没跟张燕铎那样用窃听器搞追踪，他站起身，想另外寻找可以窃听的地方，可是沿着二楼外墙才走了两步，就被迫停下了——前面站着两个人，刚好挡住他的路，那两个人的手里还都举着枪。

在对方开枪之前，关琥抢先下手，将攀墙时顺手捡的石子丢了过去，趁他们躲避，他转身要跑，却没想到跟后面的人撞了个对面，原来他身后也站了两个五大三粗的男人，做出同样举枪瞄准的动作。

前有狼后有虎，关琥不得不刹住脚步，对方的行动也异常灵敏，没给他跳楼的机会，直接将枪口顶在了他的头上，另一个做出押解他的手势，压低声音喝道："走。"

这是陈世天的别墅，关琥断定这些人不敢真对自己开枪，但如果进了房子里，那一切就难说了，只是他都已经走在刀刃上了，与其反抗，不如跟他们进去，听听萧白夜跟陈世天会有什么说辞。

关琥在一瞬间做出了决定，他没再搏斗，任由那几个人押着自己进了别墅，一路来到书房。

让关琥惊讶的是，书房里除了萧白夜跟陈世天外，还有个稍微发福的男人。

那人关琥见过几次，他叫刘茂之，之前还故意挑衅过李元丰，李元丰曾说过刘茂之是个小人，最会逢迎拍马，关琥见他站在陈世天身后左侧，还真是做足了溜须拍马的架势。

萧白夜隔着书桌，站在陈世天的对面，看到关琥，他的反应很平静，像是看到了好久不见的老友，跟他微笑打招呼。

"是你啊，关琥。"

关琥不想理他，把眼神瞥开，陈世天有些不高兴，训斥萧白夜说："我的手下说他是跟踪你过来的，在这个节骨眼上，你做事也太不小心了，如果捅出什么娄子来，就麻烦了。"

萧白夜没在意，轻描淡写地说："一个小警察而已，有什么好担心的。"

"小警察？哼，他在温哥华闹得天翻地覆，情报局的人都出动了，险些就查到我们身上了，你到底是怎么做事的？居然被跟踪都不知道。"

同样的话从刘茂之口中说出来，就充满了狐假虎威的意味，萧白夜笑而不语，陈世天却沉下脸来，横了刘茂之一眼，低声呵斥他闭嘴。

看着刘茂之慌慌张张闭嘴的样子，关琥也很想笑，他这算是拍马屁拍到马腿上了。

不过因为刘茂之的乱说话，无意中提供了重要的情报——关琥在加拿大的经历这些人都知道，看来他这步棋走对了，他们一定很担心有把柄握在自己手里，所以才会是这样的反应。

"这些不是你的手下吧处长大人？还是您改行混黑道了？"

关琥无视指向自己的枪管，侧头瞥瞥身后那四个男人，他们都是道上混的，那身戾气藏不住，做警察这么久，关琥自信自己这点眼力还是有的。

"哼，你的眼睛倒是挺尖的。"

"还好还好，至少我没看出处长居然跟黑道有牵连，"关琥不无嘲讽地说："你们经常做这种事吗？如果出现对自己不利的人，就买凶干掉？"

陈世天没回应，但脸色有些难看，萧白夜也在同一时间向关琥看过来，不是错觉，关琥发现在听了自己这句话时，萧白夜的表情明显地一变，但马上就恢复了正常。

萧白夜挥手让众人放下枪，走到他面前，微笑说："这也算是说曹操曹操到，我们正在商量怎么解决这次的麻烦，萧处长的意思是放长线钓大鱼，陈处长的意思是斩草除根，反正恐怖组织成员大部分都葬身海底了，也不怕有人抓住把柄。"

"你说得太多了。"陈世天不悦地斥责，但语气不像教训刘茂之时那么严厉。

萧白夜没在意，轻笑道："怕什么，他都已经在我们的手掌心了，是死是活还不就是我们一句话的事嘛。"

"你不会早就知道我在跟踪你吧？"

"否则我怎么会特意这么晚来打扰陈处长呢？"

听了他们的对话，陈世天不悦地说："那是因为你家那位长辈不想自己出面，所以就把这个烂摊子推给我。"

"不能这样说，现在大家同坐一条船，要不是李家步步紧逼，我们也不会这样束手束脚了对不对？"

关琥越听越听不懂，不过有一点他明白了，李元丰的父亲也在留意他们的行动，或许还发现了什么对他们不利的东西，所以他们才会几次三番地对李元丰进行暗杀行动。

也就是说，如果他站在李家那边，那么那些有关他的莫须有罪名都有可能被澄清，关键是他需要提供出有力的证据。

在关琥想到证据的同时，萧白夜也想到了，向他伸出手来，说："把东西拿出来吧。"

"什么东西？"

"别装糊涂了，你跟张燕铎冒死跟恐怖组织周旋，不就是为了拿到那份名单吗？"

"我不知道你在说什么，放开我……"

萧白夜的手伸进关琥的口袋里摸索，关琥想反抗，但双臂被四名大汉牢牢按住，只能眼睁睁地看着萧白夜找到水晶管，拿了出来。

那是张燕铎用生命换来的，水晶管里放了微型磁片，之前即使在加拿大被众多人逼问，关琥都坚持没交出来，没想到会被萧白夜拿走，他不由得又气又急，几次挣扎着想夺回来，都因为被那几个人死死摁住而无法行动，他只能气得大骂："萧白夜你这混蛋！"

萧白夜不理他，打开水晶管，取出里面的磁片，插进自己的手机里。

到了这一步，关琥反而放弃了反抗，看着他的动作，心头涌起紧张感。

陈世天跟刘茂之的表情也明显绷紧了，刘茂之按捺不住，跑到萧白夜身边，问："是不是就是这个东西？要不要马上毁了它？对了，说不定还有其他的备份资料，不能马上干掉这家伙。"

萧白夜置若罔闻，手指在手机上飞快地滑动，关琥看在眼里，忍不住叫道："萧白夜，我看错你了，居然把你当好上司，你为了升官发财，出卖良心，你还是人吗？"

他的吼叫换来重重的一击，一个大汉给了他腹部一拳，把他打得蜷起身体咳嗽起来，疼痛更加引发了愤怒，他开口正要继续骂，被萧白夜清亮的嗓音打断了。

"真想不到里面的内容这么多，还好把他活捉了，否则曝光出来的话，整个警界都会天翻地覆的。"

关琥愣住了，忘了被打的疼痛，抬起头来看向前方，就见萧白夜把手机屏幕面向陈世天，说："你自己看吧。"

陈世天急忙接过去查看，刘茂之也凑过去，看了两行，他就叫了起来，"这、这、这是污蔑嘛，什么跟……行贿，还这么大的金额，这名单里的人我们都不熟悉的……"

大概是他们行贿的人来头太大，刘茂之没敢叫出来，看看萧白夜的脸色，他把后面的话也咽了回去。

听着他们的对话，关琥愈发的惊讶，看看萧白夜，又看向那个手机，刘茂之的话引起了他的好奇心，也迫切想知道手机屏幕到底显示了什么。

陈世天的反应倒很平静，沉默着看完了磁片里面的内容，抬起头，眼神扫过关琥，对萧白夜说："你来吧。"

这话的意思很明显，那就是干掉他，以免情报外泄。

关琥立刻看向萧白夜，萧白夜点点头，却没有马上动手，而是慢悠悠地说："陈处长不想知道这个人手里还有没有其他的证据吗？"

"那些情报局都没有找到的东西，也许根本不存在，他们把他放回来，就证明他没用了。"

"但是如果还有其他备份的话，会很麻烦。"

"那又怎样？大不了跟前几次一样做。"

陈世天看似镇定，但急迫的口气揭示了他内心的动摇，可见磁片里的资料对他的刺激很大，这也是关琥感到奇怪的地方，因为磁片里明明什么都没有的……

萧白夜打断了关琥的思绪，将磁片从手机里抽出来，丢进水晶管里，在他面前晃了晃，意味深长地说："你也太不小心了，这么重要的东西怎么随身携带？"

关琥把头撇开不理，萧白夜不以为忤，又主动转到他面前，问：

"还有其他备份吗？"

"就算有，你认为我会告诉你吗？"

"你还是有选择的，如果投靠我们，将你所知道的都讲出来的话，我们还是好同事，跟着陈处长，将来也是前程似锦，有花不完的钱……"

"呸！"

要不是被几个大汉压住，光凭这句话，就足以让关琥揍人了，他瞪着萧白夜，气愤地说："我哥死了，你觉得多少钱可以买他一条命！？"

"死都死了，活着的人还是要好好活着啊。"

这句话就像是导火索，将关琥心头的怒火彻底点燃了，他奋力挣扎着，又抬腿去踢萧白夜，但都踢空了，萧白夜向后退开两步，从其中一名大汉手里拿过手枪，扳下保险栓，将枪口指向关琥的头部。

"看来你是执迷不悟了。"

"还跟他啰唆什么，赶紧搞定，让他们把人拖走埋掉。"见萧白夜一直没动手，刘茂之忍不住催促道。

"我是怕在这里杀人，会弄脏陈处长的书房。"

"无妨，"陈世天摆摆手，"就说是关琥来杀我，却没想到你跟刘干事刚好在这里，大家在制伏他的过程中手枪走火，导致他死亡，这样一来，之前的几桩案子就可以全推到他身上，轻松结案。"

"陈处长这招果然高明啊！"

陈世天说完，刘茂之冲他连竖大拇指，赞叹不绝，却被众人无视了，萧白夜对关琥说："你听明白了？"

"你们这些混蛋！"

关琥不仅听到了，还一个字一个字听得清清楚楚，他气得连声咒骂，又不断挣扎，愤怒刺激了力量的奋起，他居然挣脱了那几个人的压制，冲到萧白夜面前就要动手，就在这时，枪声响了，而且是一连数声，成功拦住了他的攻击。

关琥定在了那里，不是因为中枪，而是震惊于眼前的状况——萧白夜连开数枪，目标却不是他，而是他身后的四个男人。

手枪装了消音器，射击的声音很轻，但是造成的回响却不轻，书房里有短暂的寂静，因为事情的发展超出了所有人的预料。

萧白夜是神枪手，就算不是，也不至于在这么近的距离中误伤自己人，还误伤四次，关琥转头看向那些人，有些是胸前中枪，有些是头部中枪，都是一枪毙命，这足以证明萧白夜一开始的目标就是他们。

"你……"

他的话被刘茂之抢了过去，指着萧白夜叫道："你、你疯了吗？你居然打自己人，你是想……"

下一秒，萧白夜的枪口对准了他，刘茂之见风使舵，立刻举起双手表示投降。

萧白夜不屑地扫过他，看向陈世天，枪口也转到了陈世天身上，陈世天一见不妙，把手伸向书桌下方，但马上被萧白夜喝止了。

"陈处长，不想跟那些人一样的话，就老实点。"

陈世天把手缩了回来，面对威胁，他表现得比刘茂之镇定多了，问："你想要多少钱，报个数吧。"

萧白夜从口袋里掏出一个微型录音笔，录音笔已被他关掉了，里面录了所有对陈世天不利的证据，他没回答陈世天的问题，而是冲他比量了一下录音笔，让他明白自己的处境，然后对刘茂之下令道："去把保险箱打开。"

"我……"刘茂之看看陈世天，哆哆嗦嗦地说："我不知道密码。"

陈世天见萧白夜没有马上开枪的意思，这就表明一切还都可以商量，他放下了心，问："你想要什么？我们可以慢慢谈。"

"密码。"

"保险箱里什么都没有，那点钱根本不够你……"

"密码！"

萧白夜向前逼近两步，压迫性的气势逼得陈世天不得不将解释咽了回去，跟刘茂之说了密码，让他去开保险箱。

刘茂之动作迅速地跑过去开保险箱，快得就好像他不配合的话，随时会被干掉似的。

萧白夜又用下巴给关琥打了个手势，让他跟过去查看。

其实不用他指挥，在了解了当下的状况后，关琥已做出了配合的动作，跑过去盯紧刘茂之，等他把保险箱打开后，就立刻将里面的东西都取出来翻看。

东西不多，除了少量的现金证券外，只有一些来往书信跟放在牛皮纸袋里的文件，关琥将书信跟文件拿给萧白夜，萧白夜扫了一眼，见都是有关警界内部升级推荐的信函，他有些失望，看向陈世天。

陈世天耸耸肩，"我都说了保险箱里没东西了，重要文件我怎么会放在这里？萧白夜你是个聪明人，我们不妨打开天窗说亮话，你想要什么，把条件提出来，我们可以慢慢商量，不必动刀动枪的。"

"两条路，你任选一条。"

见萧白夜提条件了，陈世天坐正了身子，刘茂之也垂手站在一边，紧张地观察情况，以便及时做出对自己有利的选择。

"一，你们去自首，检举自己贪污行贿还有洗黑钱。"

萧白夜刚说完，陈世天就笑了，"你没有证据的，否则你就不必特意找我的保险箱了，刚才你给我看的磁片里的资料也是伪造的吧，没想到你们居然一伙的，还为了指控我特意录了音。"

他用手指指萧白夜跟关琥，关琥很想反驳说自己跟萧白夜不是同路人，他才没有萧白夜那么卑鄙呢。

"不过年轻人，我要说你们太急躁了，我承认刚才是我失策了，那是因为我没想到萧炎一手带起来的人会来对付我，这件事萧炎不知道吧？虽然我跟他的立场不同，但那只老狐狸该清楚，逼急了我对他也没有好处的。"

"你没说错，这是我个人的行为。"

"所以你认为这种录音就可以扳倒我了吗？这东西只怕还没到检控官那里就被毁掉了，这事不用我动手，萧炎就会主动处理了，你信不信？"

陈世天侃侃而谈，俨然一副没将萧白夜放在眼里的样子，关琥有些担心，急忙说："别信他，凡事不做，又怎么知道做不到？"

萧白夜神色平静，他没有就两人的话做出回应，而是自顾往下说："第二条路，告诉我当年是谁主谋杀害我全家的。"

仿佛应和似的，窗外划过一道闪电，光亮在房中四个人的脸上投下一层阴影，关琥看向萧白夜，他的反应是莫名，刘茂之则是震惊，连陈世天一直波澜不惊的表情也裂开了波纹，他稍微沉默后，长叹了一口气。

"我想通了，为什么你为萧炎办事，却暗中做这些手脚，原来你帮我们不是为了仕途，而是想知道当年的真相啊，你从来都没有忘记那些事……"

外面响起炸雷，盖住了陈世天的话尾，萧白夜紧握手枪的手有些颤抖，他提高了声量，再次喝道："到底谁是主谋！？"

"我不知道。"

"你是宁可冒着被控诉的危险，也不肯说出主谋吗？"

"我已经说了我不知道，就算知道我也不会说，你想想看，十几年前的血案，当时都没破，在所有证据都毁了的现在，又怎么可能让你找出真相？"

"难道那是一个你得罪不起的人？"

"我不知道他是谁，就因为不知道才不敢得罪，"跟萧白夜相互对视，陈世天反问："这个道理你懂吗？"

看不到的敌人才是最可怕的，萧白夜当然明白陈世天的顾忌，但他不信陈世天真的一无所知，他的反应证明了一件事——幕后黑手的地位很高，势力也很大，所以陈世天宁可被控诉贪污行贿，也不肯触及那个过往的疑案。

萧白夜将目光移到了刘茂之身上，刘茂之打着哆嗦把眼神避开，这个欲盖弥彰的行为引起了萧白夜的怀疑，立刻将枪口指向他，喝道："他不说，你来说。"

"我……"刘茂之一边说着一边看向陈世天，结结巴巴了一会儿，道："我说，我都说，你别杀我。"

"我只想找出真相，不会滥杀无辜。"

关琥冷眼旁观，刘茂之是不是无辜暂且不论，萧白夜的目的跟他一系列的行为现在已经很清楚了，听着他们的对答，关琥眼前一亮，之前一直困扰他的疑惑得到了解答。

刘茂之拿到了免死牌，他松了口气，张嘴便要说，陈世天忽然抬起手，趁乱从桌底下摸到手枪，冲他开了枪。

一枪贯脑，随着鲜血喷射，刘茂之向后一歪，靠着墙壁滑到了地上，看他中弹的部位就知道没救了。

关琥冲过去，在陈世天企图向萧白夜开枪之前制住了他，将他按在桌上，一只手压住他的手腕，让他没法再偷袭。

陈世天趴在桌上动不了，气得大叫："小人！那个小人！"

"他不是小人，他是一开始就会死的人。"萧白夜蹲到他面前，冷冷道："把这种墙头草的狗养在身边，会被他咬也在所难免。"

陈世天呼呼喘着不说话，关琥正要质问，远方隐约传来警车的鸣笛声，他跟萧白夜对望一眼，同时想到了一个可能性，萧白夜粗暴地将陈世天扯开，低头看去，果然就看到书桌下有个很小的报警按钮，不知陈世天什么时候按到了。

"哼哼哼，我早说了，跟我斗，你们还太年轻了，"陈世天喘着气，说："警察就要来了，你们是选择束手就擒还是跟我合作？还有时间，为了自己今后的人生，好好想清楚。"

关琥不语，看向萧白夜，他的立场很坚定，那就是曝光真相，将真凶绳之以法，但他不了解萧白夜的想法，这个人的心思太深了，他琢磨不透。

萧白夜也没说话，略微沉思后，将关琥推开，然后扳住陈世天的肩膀将他按在椅子上，右手握住陈世天握枪的手，对准他的太阳穴，等关琥发现不对时已经晚了，萧白夜按住陈世天的手指扣下了扳机。

砰的响声传来，子弹从陈世天的右太阳穴贯入，穿过他的颅骨，从另一边射了出去，血溅了陈世天一身，他连声音都没发出就垂下了头。

萧白夜站的位置很准确，血没有一滴溅到他身上，陈世天右脑被子弹射入的部位也没有出太多的血，这给萧白夜伪装现场提供了便利。

他掏出手绢擦掉了自己在陈世天的手上留下的指纹，又将陈世天的身体摆好，让他做出背靠椅子垂头的姿势，接着擦拭了保险箱的文件资料，重新放了回去，再将保险箱的门锁好，擦掉外面的指纹，接着又去刘茂之跟那几个大汉身边做了简单的调整，最后转头看向关琥。

那柄射杀四个大汉的手枪重新握在了萧白夜的手中，看着他冷静迅速地伪装现场，关琥不由自主地叫："你……"

萧白夜的表情太可怕，既不同于以往儒雅温和的上司形象，也不同于他奸诈算计的一面，此刻的他就像是浴血修罗，全身都充斥着暴戾跟杀气。

关琥情不自禁地想起了张燕铎，他觉得现在的萧白夜有点像张燕铎，都一样的狡猾、冷漠、深不可测，但是跟张燕铎相比，萧白夜又多了一份阴郁之气，他外表看起来有多和善，内心就有多残酷。

这样的萧白夜让他感到陌生，出于自保的本能，他捡起一名歹徒掉落的手枪，指向萧白夜。

萧白夜视若不见，环视着书房现场，说："今晚陈世天突然打电话联络我，说查到关琥潜伏回来，手里可能握了对他不利的东西，让我过来商议怎么处理。陈世天是我的上司，所以我无法拒绝，但我来到后才发现刘茂之也在，而且他们讨论的话题牵扯的问题很大，我认为自己一个人无法处理，便决定跟萧炎联络，但陈世天不允许，并威胁我说我已经知道了他的秘密，如果我不配合的话，就杀了我。"

"就在我们争执的途中，跟踪过来的关琥被陈世天的手下抓住了，关琥说自己手里有陈世天洗黑钱跟行贿受贿的证据，陈世天则说关琥才是一系列案件的真凶，他们各执一词，为了查明真相，我先站到了陈世天这边，后来在对质中我怀疑陈世天才是罪犯，刚好关琥身上带了录音笔，录下了我们的对话。"

"陈世天见阴谋暴露，让他的手下杀我们灭口，被我抢先干掉了，陈世天看到关琥有录音跟他犯罪的证据，自知难逃法网，只好开枪先杀了他的心腹刘茂之，然后自杀。"

萧白夜侃侃说完，见关琥还保持持枪对准自己的姿势，他一笑，又道："哦对了，还有一点我忘了说，其实关琥是没有证据证明陈世天的罪行的，因为那些证据在太平洋上他们被恐怖分子袭击时就失落了。"

萧白夜讲完了，凶案现场他也检查完毕，看着关琥，问："还有什么要补充的吗？"

"已经很好了。"除此之外，关琥不知道自己还能说什么。

短短的时间里就想到了对他们有利的证词，萧白夜思维的灵敏跟缜密远在他之上，关琥发现自己是斗不过这个人的。

"这些话你准备对谁说？"

"萧炎，还有他上面的那些人。"

"你确定这些信口开河的话可以蒙混过关吗？"

"确定，因为他们要的不是真正的答案，而是一个可以堂而皇之结案的口实，"面对他，萧白夜侃侃而谈，"你知道的，许多案子办不了，不是因为案子本身太复杂，而是藏在案子后面的内情。"

"就像你父母被杀一案那样吗？"

"虽然我不想承认，但事实的确如此，只有这样做，你才可以销案，今后堂堂正正地做警察，而我，也可以继续留在萧炎身边做事。"

"可是这不是真相！"

听不下去了，关琥厉声喝住他，"许多内情还没有查出来，无辜的人枉死，真凶却继续逍遥法外，你这样做，跟当年办理萧家血案的警察又有什么不同！？"

"我知道！但又能怎样？你有证据揭露内幕吗？如果你有，我就是拼了这一条命，也会跟你联手干到底！"

萧白夜的声音更大更响亮，脱去了儒雅的伪装，此时的他凌厉得如同原野猎豹，全身都充满了戾气跟野性，被他一通斥责，关琥无话可说，默默地将手枪放下了。

他的确没有任何证据指证陈世天等人，他甚至不知道在警界当中，究竟谁是黑的谁是白的，因为张燕铎舍命夺来的水晶管在爆炸中破裂了，磁片也碎掉了，他曾努力尝试过抽取里面的情报，却失败了。

所以他这次回来，是拼着同归于尽的想法的，不管用任何手段都好，只要能逼迫萧白夜坦白真相就行，但事情的发展超出了他的意料，当看到萧白夜说磁片里有资料时，他比谁都震惊。

萧白夜继续说："可是你现在什么都没有，在没有证据的前提下，任何怀疑都只是怀疑，你这次是幸运，找到了替罪羊，但你不会每次都这么幸运，陈世天也好，刘茂之也好，都不过是小喽啰，但至少这次我们砍掉了他们的尾巴。留得青山在，不怕没柴烧，忍下这口气，接下来我们还有更多的机会查找真相，但如果你一时意气用事，只会让我们到目前为止的努力全部付之东流。"

这些话关琥都懂，但懂得不等于可以接受，听着警车鸣笛声越来越近，他气愤地用力挥舞握枪的那只手，叫道："我明白你的意思，可是我哥死了，他是为了救我，为了帮我洗脱罪名而死的，现在明明可以找线索追查下去，你却要我放弃，你明白我的感受吗！？"

"我当然明白，因为曾经我弟弟也死在我的面前，还有我的父母。"

关琥一怔，萧白夜又说："我已经等了这么多年，我不在乎继续等下去，正因为他们死了，所以我才要更好地活，我不能让自己白白牺牲，如果你一定要坚持己见，我不会阻拦你，但我要提醒你，你那样做不仅查不到真相，恐怕连自己的命都保不住，到时更谈何查案？”

关琥沉默了，这让外面的警笛声愈发的刺耳，他皱皱眉，忽然说："帮叶菲菲救我的是你吧？纵火烧毁酒店的也是你，那个让我们藏身的房子曾经就是你的家对不对？"

他在老房子的地板上看到的褐色斑点大概就是当年萧家遭受灭门时留下的，萧白夜一直保留着那栋房子，也许就是为了有一天可以再光明正大地走回去。

面对他的疑问，萧白夜坦然承认了，"对，是张燕铎托我去酒店救你的，我晚了一步，还好你没事。"

这个答案让关琥很惊讶，立即问："我哥？你们是什么时候联系上的？"

"事到如今，这还重要吗？"

萧白夜笑了笑，没做解答，但他的话让关琥改变了想法——张燕铎果然还有许多事瞒着他，没办法，谁让他是只狐狸呢，跟自己相比，萧白夜跟张燕铎更像是兄弟，至少张燕铎信任的人，他想自己应该可以去相信。

他问道："为了找出当年血案的真相，这就是你选择跟他们同流合污的原因吗？"

"我没有同流合污，"萧白夜自嘲地一笑，"严格地说，我没有那个机会，因为到目前为止，我还没有接近他们的中心，我只是做一名警察应该做的事，然后适当地配合他们而已。"

"所以你一开始就知道我没有证据指证他们，才找了假的资料来引陈世天上钩？"

"是的，我知道以你的个性，如果手里有证据，早就行动了，又怎么会这么沉得住气？"萧白夜说："不过他们都很狡猾，我调查了这么久都没找到他们犯罪的蛛丝马迹，所以就趁机借你的出现进行试探。"

"为什么你不试探你叔叔？当年那件事，他的嫌疑更大吧？"

"萧炎是条老狐狸，比陈世天难搞多了，我以为陈世天与萧家血案无关，在被威胁时，他会吐露一点情报，没想到……看来那些人的势力比我们想象的还要强大……"

原来如此。

听了萧白夜的解释，关琥想通了司南整件事的前因后果，说不定有关司南的几次偷龙转凤都是张燕铎跟萧白夜事先计划好的，而且萧白夜早就知道自己在跟踪他，想到自己在雨天里闷在车里监视，这家伙却在家里悠闲自得地休息，关琥就觉得不忿，嘟囔道："狐狸。"

"关琥，说话请注意措辞，别忘了你还是我的下属。"

"这话还是等我们真正解决了这次的麻烦再说吧。"听到警车在楼下停下的响声，关琥说。

萧白夜笑了，褪去野兽戾气的他又变回了平时那个温文儒雅的上司，将磁片重新放回圆管，还给关琥，看着他小心翼翼地放进口袋里，他问："为什么你明知道磁片无法使用，还随身携带？"

"这是我哥用命换来的，也许对你来说毫无价值，但对我来说它是无价之宝。"

"你哥是希望通过这个东西，可以帮你摆脱莫须有的罪名，或许他一开始的想法是跟我合作，但我相信在这件事中，他所做的所有事都是为了你。"

"合作？"

萧白夜数次提到合作，关琥有些在意，想要询问，却被萧白夜打断了，说："我不知道对张燕铎来说，你是怎样的存在，但如果我弟弟还活着，我也会像他那样保护自己的弟弟的。"

　　楼下大门被撞开，脚步声飞快地冲了上来，萧白夜拍拍关琥的肩膀，交代了最后一句话。

　　"接下来你就行使公民保持沉默的权利好了，一切交给我。"

第十章

　　风雨过后，圆湖的水面上浮出层层白雾，黄昏的风光，缥缈而静谧，旁边公园里的人不多，行人也步履匆匆，人群中是一张张陌生的脸孔，大家都不知来自何方，又要去向哪里。

　　关琥没有被都市嘈杂匆忙的气氛所影响，夜静风停，他独自坐在圆湖湖堤的石凳上发呆。

　　这样的状态已经持续了一整天了。

　　在萧白夜的从中周旋下，司南一案顺利结案了，陈世天跟刘茂之等人的罪行调查跟指控被转为内部处理，从萧白夜转述的内容来看，上头的意思是大事化小，小事化无，看来没多久就风云平定，没人再记得司南这个案子了。

　　关琥不知道萧白夜是怎么跟萧炎等上司交代案情的，他只知道结果——那就是有关栽赃给他的一系列罪名都不成立了，他恢复了重案组刑警的身份，萧白夜通知他可以随时复职，可是他在家里窝了一个星期，就是提不起回警局的心情。

　　或许是在经历了一系列的冒险，知道了警界内部的斗争后，他对这份职业失望了吧。

所以关琥特意避开了跟朋友们的接触，整天把自己闷在家里，连电视都不看，陈世天事件可能会引发警界内部一连串的震荡，不过谁当权谁落马都跟他无关，他只是个小警察，他只想办好案子。

仅此而已。

今天是关琥第一次出门，在风雨过后，他突然想到圆湖来看看，因为这是他跟张燕铎联手办的最后一案，司南之谜是从这里开始的，最后也该在这里结束。

想想他跟张燕铎来这里还是不久前的事，没想到一晃眼身边的人就不见了，快得让他到现在都没有找到张燕铎死亡的感觉。

所以在这里等待的话，也许张燕铎会出现吧，然后用笑谑的口吻说一切事件都解决了，他只是在逗自己玩。

怀着这个期盼，关琥在这里坐了一天，但结果让他很失望，他等了一天，谁都没有等到，偶尔直觉告诉他张燕铎来了，可是当他起来寻找时，却看不到人，这种状况反复了几次后，他被搞累了，索性垂着头看湖水，又不时用手敲额头，借此来发泄心里的郁闷。

一辆出租车停在了道边，乘客下了车，向关琥走来，关琥迅速抬起头，但马上就从高跟鞋声中判断出那不是自己要等的人，他叹了口气，转头看向泛着涟漪的湖水。

脚步声走到了近前，接着属于叶菲菲的声音传来，"关琥，你还要在这里装死到什么时候？"

"别烦我。"

"我知道你心情不好，这样的结局，没人会心情好，不过就算你把自己缩在壳里，也解决不了任何问题，我想老板看到你这副模样，也会不开心的。"

关琥没说话，因为他不知道该说什么。

叶菲菲的话他都明白，但明白跟接受是两回事，叶菲菲跟张燕铎不是亲人，没有跟他多次并肩面对生死，所以他此刻的心情叶菲菲永远无法感同身受。

一个东西递到了他面前，叶菲菲说："其实我是来给你这个的，我不知道里面写了什么，但相信可以解开你的心结。"

那是一封封缄的信函，关琥接了过去，就见信函的正面写着自己的名字，下面没有落款人，但字迹刚毅，一笔一画都勾勒出遒劲的棱角，正是张燕铎的笔迹，他诧异地看向叶菲菲。

叶菲菲双手插在口袋里，说："这是之前寄到小魏那里的，小魏让我转交给你，我就是为了这封信，找了你一整天。"

"谢谢。"

"不用，希望这封信可以让你振作起来。"

叶菲菲说完，转身要走，忽然又想起了什么，对他说："对了，萧组长让我转告你，你的有薪假期没几天了，如果不想下个月喝西北风，记得早点回去上班。"

"萧组长？"关琥皱起了眉头。

在他的记忆中，萧组长只有萧白夜一个人，但他没想到萧白夜会这样说，还让叶菲菲代为转告，这两个人很熟吗？

他想再问，叶菲菲已经加快脚步跑远了，只留下一句话。

"我刚交了男朋友，要赶时间去约会，你还有什么疑问，直接问萧组长好了。"

约会？

关琥又一愣，实在想不起叶菲菲有交男朋友的时间，看来在他窝在壳里搞自闭的时候，外界发生了很多事。

叶菲菲坐车离开了，关琥收回眼神，将信封撕开，里面只有一张信笺，显得有些单薄。

确切地说，那其实是一张白纸，纸上的字迹很潦草，看得出张燕铎在写这封信时心情并不平静。

关琥，在你看到这封信的时候，我应该已经不在这个世界了，因为假如我活着，这番话绝对不会对你提起。

你曾问我是否有骗你，现在我告诉你真相——有，而且不止一次，首先，我们并非兄弟，我们是完完全全一点关系都没有的陌生人，如果硬要说有关系，那就是我是杀害你大哥的人，也就是说我们是仇人。

这件事早在很久以前，我就跟你说过了，但有一点我撒谎了，我的记忆从来都没有混乱过，我记得跟你哥相处的时光，记得我们相约要共同逃出魔窟，也记得那天我是怎么杀掉他的，我杀了自己唯一的朋友，只为了我要活下来。

那次在跟你坦白真相时，我本来是打算全部都说出来的，可不知为什么，临到关头，我却怕了，这与其说是我不想毁掉你的希望，不如说我不想被你痛恨。

我从来没有亲人，你是我唯一的亲人，所以我无视了真相，同时，我创造了自己希望的真相，把最后的判断权交给了你。

后来你的认可让我很高兴，更让我坦然接受了这样的假象，甚至觉得这才是真相，所以你不必在意我为你所做的一切，那都是我该做的，是我最后应许你哥哥的承诺。

至于第二次欺骗，其实早在我们认识之前就开始了，这本来就是一个圈套，圈套的最初我就没想过自己会活下来，生命对我来说，是最没有价值的东西，老家伙一直告诉我说要通过毁灭他人的生命来提高自己的价值，我无法认同，所以我一定要毁掉这样的观念，也包括我自己——我始终相信命运掌握在自己手里，所以路要怎么走，只有我自己才有权决定。

最后，谢谢我们的相识。

什么相识？那根本是张燕铎自作主张接近他的！从头至尾，他都是被动的那一方！

关琥越看越生气，看到最后，他拿信笺的双手不由自主地攥紧，信纸被颤抖的双手攥出褶皱，关琥气得将纸揉成团，想扔进湖里，但手臂晃了晃，始终没有做出丢弃的动作，而是低着头靠在纸上，恸哭起来。

混蛋，那家伙骗他的岂止这两件事？

整封信从头至尾都是一片谎言，直到最后，张燕铎也不知道他们是不是兄弟，他会这样说，只是希望引起自己的痛恨，而忘记死亡的伤感。

可是，那段他们认识、交往，还有携手对敌的经历就像是刻刀，早就一点点地刻在了他的记忆里，又怎么可能是短短几段文字就能掩盖过去的？

正因为太了解张燕铎，他才确定张燕铎在撒谎，也因为他知道张燕铎在撒谎，所以更难受，甚至愤怒，那个任性的男人每一次都是这样，说好跟他共同进退，却没有一次做到，并且不给他抱怨泄愤的机会。

直到信的最后，张燕铎也没有提到那所谓的圈套是指什么，那不重要，重要的是张燕铎在写这封信时的心情，还有他的动机。

关琥想起了他跟张燕铎被迫分开的前一晚发生的事。

那晚张燕铎睡得很晚，一直在写东西，他当时还问张燕铎是不是在回忆什么，张燕铎否定了，第二天张燕铎特意买了信封邮票，在便利店寄信，被问起时，他开玩笑说是情书。

那是张燕铎最后留给他的话，也许那时起张燕铎就做好之后的打算，甚至设计好了他们的命运，正如他所说的——命运掌握在自己手里，所以路要怎么走，只有自己才有权决定。

张燕铎把一切都算计得很巧妙，却没想过被算计的人的心情，假如张燕铎肯开诚布公地跟他商量，他相信结局都将不同，但他却吝啬讲出。

可是兄弟是什么？

兄弟不单单是有福同享，更重要的是有难同当，而这一点那混蛋到最后都不明白！

关琥越想越气愤，只觉得心情郁闷到了极点，哪怕是恸哭都无法排解内心的愤懑，他终于忍不住跳了起来，冲着石凳旁的柳树一顿拳打脚踢。

拳头打在坚硬的树干上，传来疼痛，但关琥远远不解气，继续加重了击打的力道，叫道："混蛋！张燕铎你这个混蛋！"

过往行人看到有人冲着一棵树叫骂狂打，都吓到了，还以为关琥是疯子，急忙远远避开，免得惹祸上身。

于是关琥周围多出了一大片空地，他冲着树干踢打着，借此发泄这段时间压在心头的郁闷之气，根本没注意到行人向自己投来的惊异目光，更没有看到街道的对面，有人站在柳树下，隔着马路默默地注视自己。

两旁的路灯将关琥的剪影映在男人的眼眸中，看着关琥疯狂的表现，他的眉头微微蹙起，本能地将叼在嘴中的香烟咬紧了。

　　跟以往不同，这次他没有把香烟当装饰品，而是一直在抽烟，对于不习惯吸烟的人来说，香烟气味不能说好，相反的有种苦涩的味道，苦涩却又挥散不去，就像人生，充满了无奈。

　　像是感觉到了什么，关琥突然停止了挥拳，朝男人站着的这边看过来，男人没刻意隐藏，他站的地方是死角，在街灯跟来往车辆的灯光交织下，从对面是无法注意到他的存在的。

　　关琥什么都没有看到，他紧咬下唇，收回了双手，手指关节在一番疯狂击打后，蹭破了皮，手背上鲜血淋漓，看上去有些惊悚，他却毫不在意，站在原地恍惚了一会儿，不知想到了什么，双手伸进口袋里胡乱摸索起来。

　　像是连带着的动作，男人也下意识地摸摸自己的口袋，口中的香烟抽完了，他取出烟盒跟打火机，又点着一支烟，关琥刚好低头翻找口袋，没注意到街道对面一晃而过的光亮。

　　男人点着烟后，没有放回打火机，而是将它握在手心里，牢牢地攥紧，打火机是黑色的，扁扁的不占地方，是关琥平时常用的那种。

　　关琥摸遍了衣服的所有口袋，都没找到烟盒跟打火机，这个结果起先让他很郁闷，但很快的他想到了什么，忙乱的动作突然停了下来，呆呆地站在原地不动了。

　　虽然状态不佳，但关琥的记忆力还没混乱，他清楚地记得在出门时他将烟盒跟打火机揣进口袋了，那是他平时常做的动作，就习惯性地做了。

　　但诡异的是，原本应该在右边口袋里的东西不见了！

　　在思索了半天，确信自己绝对没有记错后，关琥最开始的气愤、懊恼还有失去亲人的伤感一扫而空，他努力回想自己出来后的经历——这一路上他曾遇到过什么人，曾与什么人碰撞过，又是什么时候被拿走东西的？

想了一圈，什么都没想起来，但这完全没有降低关琥的喜悦之情——张燕铎还活着，只有他才有本事在神不知鬼不觉的状况下拿走自己的东西，以前他经常这样做的，简直顺手得不能再顺手了。

所以这一定是他在开玩笑，用这种特别的方式告诉自己——他没有死，并且回来了。

得出了这个结论，关琥的心情突然间一片晴朗，已是黑夜，但是在他眼中，眼前从来没有一刻像现在这样光亮过。

关琥迅速看向四周，然后大踏步地冲进了公园广场，广场里的游客不少，有几个人的背影还跟张燕铎的颇为相似，可是关琥跑过去拦住人家后，却发现统统不是，他急了，冲着周围大叫："张燕铎！张燕铎！哥，你在哪里？"

没有人回应他，周围依旧是步履匆忙的行人，关琥无视大家投来的古怪目光，拨开人群，一边左顾右盼，一边叫道："哥，不要再玩了，我在这里，你快出来！"

一番叫喊后，依旧得不到任何回应，关琥急了，生怕张燕铎走掉，他加快脚步朝前跑去，继续叫："哥，张燕铎，我就知道你没死，你这种人，就算下地狱也没人敢收！"

"张燕铎，你到底是不是男人？一点小事你就缩起头来当乌龟，你别以为骗了我，就可以一走了之，要想我原谅你，就马上给我滚出来！"

"张燕铎，哥！"

"你不是说等问题解决了，一起去埃及盗墓吗？老子想通了，陪你一起去，出来啊！"

嗓音嘶哑，其中夹杂着愤怒，也夹杂着担心跟紧张，随着关琥的奔跑，声音渐行渐远——为了尽快找到人，他不断地加快速度，但很可惜，他选错了方向，导致他跟某个人之间的距离越来越远。

张燕铎没有叫住关琥，他抽着烟，默默地看着关琥跑远，最终身影消失在自己的视线中。

第二支烟也抽完了，他将烟蒂丢掉，转过身，朝着跟关琥截然相反的路走下去。

在发现自己有幸活下来后，张燕铎并没有感觉太开心，而且他也没有再跟关琥相见的打算。

也许这个决定对关琥来说很难接受，但这是最好的结果，不管是对他来说，还是对关琥来说。

他背负的罪责太多，他的敌人也太多，继续陪在关琥身边，只会让他一直陷入危境，当初设计这个计划时，他满脑子里都是如何摧毁刘萧何的组织，那时他对关琥还没有感情，他不懂得兄弟的定义，不懂得亲情对自己来说有多的重要。

所以，这是最好的结局，他了解关琥的个性，关琥只是一时想不开，自我颓废，但很快他就会振作起来的，他相信自己的眼光跟判断。

烟吸完了，口中隐约多了种甜甜的味道，这让张燕铎感到惊讶，不过很快就释然了——其实人生也不总是苦涩，不管选择怎样的路，前途总会有许多预知不到的希望跟惊喜。

想到这里，他的嘴角不自禁地翘了起来，取出无框眼镜戴上，同时加快了脚步。

振动声传来，张燕铎看了一眼手机，来电显示没有出现人名，而是单纯的一个 0°符号。

张燕铎没去接听，在经过道边一个垃圾桶时，他将手机丢了进去，然后头也不回地继续向前走去。

垃圾桶里的手机还在不停地响着，却没有拖住张燕铎的脚步，他越走越快，直至身影完全消失在了夜幕之中。

萧白夜坐在老板椅上，手里的手机一直处于拨线状态，屏幕中的 0°字符时闪时灭，却始终没人接听。

铃声响了很久，直到他确定无法接通后，才关掉了，将手机随手丢去桌上，往椅背上一靠，重重地喘了口气。

今天工作很清闲，重案组的组员都早早下了班，办公室里外两个房间只有他一个人，显得异常寂静。

跟张燕铎联络不上，代表一切都结束了，但，一切真的结束了吗？

萧白夜点起一支烟，香烟缭绕中，他回想起不久前跟萧炎的一番对话。

"这个案子你处理得很好，那帮人少了左膀右臂，短期内会老实很多。"

萧炎没有具体说那帮人是谁，他帮萧家除掉了政敌，还把整个案子的幕后黑手都推到了政敌身上，所以不管萧炎会不会因此对他多加信任，至少在解决这些案子的问题上，他都需要像自己这样的人来处理。

"他们死的时候没有多说什么吧？"

"我没有给他们机会，我想有那段录音就足够了。"

"哦，"萧炎看向他，略带责备地说："这可不像你平时的作风。"

"因为当时关琥在场，我不希望传出更多的是非，"他不亢不卑地说："而我也不想再因此多杀一个人。"

萧炎没再多问，手指在沙发扶手上轻弹，说："关琥那人怎么样？"

"他善于破案，有分析头脑跟行动力，个性直来直去，适合控制跟调遣。"

"那对他的处理问题你来决定好了，对了，有关你的推荐信，我已经递交上去了，面试时灵活点。"

"谢谢处长。"

"私下里你还是叫我叔叔好了，我可是看着你长大的，你可以平步青云，我也感到欣慰，"萧炎说完，站起来，拍拍他的肩膀，又追加，"还有你的父母，看到你现在的成绩，他们也一定很高兴，马上就该扫墓了，记得祭奠他们时，帮我上炷香。"

他不知道为什么萧炎会突然提起他的父母，但还是恭恭敬敬地点头应下，又找借口告辞，萧炎没挽留，在他走的时候，突然说："周末枫叶亭有聚会，老爷子亲口点了你的名，到时记得好好表现一下。"

枫叶亭是萧家长辈的别墅别称，以萧白夜的辈分来论，该叫他叔公，这位长辈早已退居二线很久了，但据说私下里还是掌握着很多的情报，萧白夜曾跟随萧炎去过一两回，不过被亲自点名，还是头一次。

看来他越来越接近组织的内部核心，也等于说他离真相越来越近了。

可是偏偏最重要的证据他没有拿到手，那个刻有与恐怖组织有关的名单磁片毁掉了，导致整个计划功亏一篑。

所以他只能继续静观其变，任何秘密总有暴露的一天，今后他还有的是时间，他会尽自己所有力量跟这些人玩到底，当年究竟是谁犯下了灭门血案，他一定会查个水落石出！

手指间传来刺痛，萧白夜回过神，发现香烟已经燃到了尽头，他将烟蒂掐灭了，这才注意到外面又开始下雨，雨点敲打在玻璃窗上，发出激烈的响声。

就像那一个雨夜，也是下着瓢泼大雨，雨声大得惊人，以至于没人注意到从萧家传来的枪声，那一夜的那一幕，他这辈子都无法忘记——浸满地板的浓稠血迹，横躺在地上的双亲跟弟弟，还有那个杀人凶手的长相。

在枪口指向他的瞬间，闪电从窗外划过，他看到了凶手脸颊上的疤痕，那张脸深刻在了他的记忆里，而后枪声再度传来，子弹击中他的心口，再后来的事他就什么都不记得了。

炸雷响起，萧白夜的身体颤了一下，记忆被拉回到多年前的雨夜，他情不自禁地摸了下心脏部位。

医生曾对他说过，只要再差几毫米，他就没命了，但他很幸运，老天爷把他留了下来，那道致命伤几乎没有给他留下任何后遗症，如果硬要说有，那就是他很怕看到鲜血，不是恐惧，而是出于某种忌讳。

血的气味会让他变得兴奋跟疯狂，那种反应就像是野兽噬血的感觉，只有通过杀戮才能让自己得到满足，他怕自己控制不了自己的行为，所以尽量避开杀人现场，让自己表现得更像一个正常的人。

萧白夜转动了一下老板椅，探身把百叶窗拉开，外面的雨更大了，雨势凶猛，几乎看不到窗外的景物，这让挂在窗上的晴天娃娃的存在变得滑稽起来。

叶菲菲给了他两个晴天娃娃，一个他挂在车里，一个挂在窗上，他并没有什么特别的信仰，但有时候他又很希望相信这个传说的存在。

所以他才会选择跟张燕铎合作。

现在回想起来，张燕铎第一次出现在他面前的时候也是雨夜。

那天他走得很晚，因为他要趁大家都不在的时候去档案室查找萧家血案的资料，当他坐上车，马上就感觉到了危险，他还以为是自己的行为引起了某些人的警觉，派人来暗杀他的，所以他第一时间掏出了放在座位下方的私枪，但对方接下来的话让他改变了念头。

"我没有恶意，我来找你只是想跟你做笔交易。"

"我不想跟陌生人做交易。"

他握住枪柄，却没有立刻拉下保险栓，因为直觉告诉他，来人不是敌人。

男人从后面下了车，打开副驾驶座的车门，坐到了他身旁，并冲他亮亮双手，表示自己没带武器。

那是个纤瘦英俊的男人，比他想象的要年轻很多，戴着金边眼镜，看气质像是大学讲师或是大公司的高管，但他并没有因此放松警惕，因为男人身上有种让人紧张的气息，尽管他表现得很友好，但对萧白夜来说，这个人的存在本身就是最大的威胁。

男人率先开了口。

"我知道你一直在调查萧家血案，我想也许我可以帮你。"

只这一句话，就让萧白夜起了杀机。

因为这个秘密一直深藏在他心里，不敢透露给任何人知道。

当年警方给的说法是歹徒挟怨报复，但他总觉得事情没那么简单，后来经过各种调查，他就更确信家人的死亡是因为了解了某些内幕而被灭口的，可是内幕黑网太大太密了，他需要慢慢调查，否则一个不小心，他就会跟家人一样在某天被抹杀掉。

所以这个人很可能是那些人派来试探他的，于是他故作不经心地回道："我不知道你是从哪里听到这些无聊的消息的，我家的案子早就破了，凶手也已经伏法，一切早在多年前就结束了。"

"凶手不是伏法，而是被击杀，在萧家灭门血案发生的一星期后。"

萧白夜的心又是一凛，这个人居然连这件事都查到了，看来他在找自己之前有详细调查过自己的身份。

他稳住悸动的心绪，平淡地说："凶手是畏罪自杀的，用他枪杀我全家的凶器击穿了自己的太阳穴，一枪毙命。"

"你信这个说法？"

"我信眼前的事实。"

事实就是当他被带去确认时，他一眼就认出了凶手，子弹贯穿了凶手的头部，却没有损毁他的五官，脸颊上那道疤痕很明显，他到死都不会忘记。

当时带他去的正是萧炎，他躲在萧炎身后簌簌发抖，大家都以为他是在害怕，其实他是为了压制愤怒。

如果不那样做，他一定会冲过去将凶手碎尸万段，但他不可以那样做，因为一旦有人知道他并没有失忆，他的存在将会变得很危险。

所以他做出的反应是恐惧，他无法确定凶手的身份，心理医生也证明他不记得全家被灭门的过程，是因为惊吓过度造成的，为了不刺激他，萧炎没有再问他那晚的事，匆匆带他出了解剖室，告诉他案子结束了，他可以重新开始生活。

但他不可能重新开始，除非他找出真正的幕后黑手。

听了萧白夜不亢不卑的回应，男人笑了，"你如果真相信那个事实，就不会一直暗中调查了。"

"先生，我不知道你的身份，如果你专程来找我，只是为了开这种无聊的玩笑，那我只能说你找错人了。"

"你不相信我也是应该的，毕竟我们素未谋面，其实我也不是特意在查你，而是在调查其他案子的过程中，无意中发现了你的存在。"

男人微笑说："所以我们不妨开门见山来说，我不是被谁派来试探你的，如果真有人怀疑到了你，他们会直接将你干掉，你虽然很优秀，但并非无可取代的，所以我会帮你，只是因为可以顺便达到自己的目的。"

这番话说得不无道理，但萧白夜还是不敢掉以轻心，反问："你的目的？"

"我以前是为某个组织做事的，后来他们总部毁了，可是国际中仍有不少政府要员跟他们有着千丝万缕的关系，我不想有一天他们再死灰复燃，所以我要彻底毁掉这个组织。"

男人讲述了自己的身份跟经历，很超乎常理的话题，却又无比真实，他在听的过程中，天平逐渐往相信的那边倾斜，直到最后男人摘下眼镜，失去特殊镜片的遮掩，他看到了对方眼瞳里违和的颜色，瞳色是一块块的，有些融汇在一起，有些各自分离，乍看去，充满了诡异的色彩。

那一瞬间，他有了毛骨悚然的感觉，同时也完全信了男人的话。

"我的目的是毁掉他们的联络网，而你是找出当年的真相，我会在查找犯罪记录时跟你的行动交叉，证明我们要找的很可能是一伙人，我们拥有共同的利益跟目的，所以合作对我们来说有百利而无一害。"

他心动了，但是常年养成的警觉性让他没有马上表现出自己的想法，男人看出来了，将手机的待机画面亮给他，屏幕上的侧面半身照让他一眼认出那是他的属下关琥。

"他就是我弟弟，作为相处已久的同事，你对他一定很了解吧。"男人说："我拿他来做筹码如何？假如我中途有任何背叛的行为，你可以随时干掉他。"

关琥聪明勇猛，是位好警察，但他的弱点是太信任人，尤其是对朋友跟同事，所以对付他要比对付这个神秘男人简单多了。

"你怎样证明你们是兄弟？"

"你可以去调查关琥的档案，看是否跟我说的一样，如果那样还不能让你相信的话，那可以等到你帮了我之后，我再证明给你看。"

"帮你？"

"我想找一个可以接近关琥但又不被他怀疑的理由，因为我不想他知道我的过去，可是我跟他做邻居做了半年，拍了他无数照片，这个笨蛋居然都没发现，说起来也挺让人头痛的，所以我才先找上你。"

男人从口袋里掏出一张名片递过来，名片印刷简单，借着路灯灯光，萧白夜看到名片当中印着涅槃酒吧的标记，下面则是主人的名字——张燕铎。

他抬头，再次打量男人，不无怀疑地想，这个人跟关琥一点都不像，如果把关琥比喻成老虎，那张燕铎就是狐狸，他的微笑很容易让人卸下心房，但他内心究竟在想什么，没人会知道。

"你想个办法让关琥去我的酒吧，只要他去了，余下的事就好办了。"

张燕铎说这话时，眼眸中精光闪过，让萧白夜有种关琥将会羊入虎口的感觉，这个人的本质跟他有点类似，所以关琥一定不是他的对手，但萧白夜并没有为出卖属下而内疚，反而很期待接下来的发展。

"会成功吗？"他摆弄着那张名片，沉吟道。

仿佛听出了他话语后的意思，张燕铎正色说："我不知道，但凡事总要尝试一下的。"

他没再多问，而是收好枪，伸过手来，这个行动就代表他接受了对方的建议。

那时候他还没有对张燕铎完全地信任，他这样做有一半是在赌，用自己的经验来赌张燕铎的话是真的，因为他已经没有太多选择了，调查了这么多年，还是一无所获，他有些自暴自弃，索性不如就此赌一把，假如判断错误，张燕铎真是那些人派来的探子的话，那他也认命了。

张燕铎跟他握了手，微笑说："合作愉快。"

"合作愉快。"

计划定好后，张燕铎下了车，在关车门的时候，忽然问他，"不知这场雨会下多久？"

"不管下多久，总会停的。"

听了他一语双关的回复，张燕铎笑了，托了托略微滑下的眼镜，说："不知道最后我们是否可以找到真相，所以这个计划的代号不如就叫'绝对零度'吧。"

"好。"

这是萧白夜第一次也是最后一次跟张燕铎面对面的长谈，后来他们有过很多次联络，却大多都是用暗码或简短的留言来沟通，甚至连联络人的姓名也不曾出现在彼此的手机里，这是他们两个人的秘密，其他人包括关琥都不知道。

将酒吧介绍给关琥这件事比想象中要简单，甚至不用他亲自出面，于是就更没有人会想到他跟张燕铎是早就认识的。

那天他开车下班，刚拐出车位，就看到了叶菲菲气冲冲地走了过来。

他知道叶菲菲跟关琥认识的经过还有他们的交往，叶菲菲人缘很好，经常买糕点跑来重案组玩，所以大家都跟她很熟，看她的样子，萧白夜就知道两人闹别扭了，他特意落下车窗，跟叶菲菲打招呼。

"吵架了？"

"组长好，"看到他，叶菲菲停下脚步，气鼓鼓地说："吵架，那也要有人吵才行啊，关王虎今天约了我吃饭，结果我来了，却找不到他，玎珰说他临时有案子，早走了。"

"今天没有案子，可能他是在查旧案吧，他很喜欢没事时去翻些旧案来调查的。"

那时萧白夜已经查过了关琥的档案，正如张燕铎所说的，关琥幼年时家庭出现了一些状况，他会做警察，大概跟自己的目的一样，这也从中证明了张燕铎没有说谎。

听了他的话，叶菲菲冷笑起来，"呵呵，旧案比新女友还重要，亏我好心做了晴天娃娃来送他，他不仅爽约，还挂我电话！"

萧白夜跟关琥做同事几年，很了解他的个性，要说关琥哪方面都好，就是对女孩子不体贴，尤其是办起案子来，别说女友了，就算是天皇老子，他都会无视的。

"要不我打电话叫他回来，"他半开玩笑地说："他怎样也不敢挂上司的电话吧。"

"不用了，免得让他觉得我是在倒追他，我决定了，下一次，我再给他一次机会，要是他再用路远赶不及还有办案这种借口搪塞，我不踹掉他我就不叫叶菲菲！"

"那你要不要试试这家？"

他将张燕铎的酒吧名片递过去，叶菲菲接过名片，饶有兴趣地翻看着。

"咦，这家酒吧就在附近耶，离这里跟关琥家都很近。"

"是啊，如果这么近他还迟到，那就真的说不过去了。"

"嗯嗯，那就选这家，我踹他也要让他死得瞑目。"

叶菲菲开开心心地向他道了谢，看她跃跃欲试的反应，萧白夜想应该没多久，关琥就会被请去涅槃酒吧了，这也算是达成了他对张燕铎的承诺。

叶菲菲道谢离开，走出几步后，又转身跑回来，从包包里掏出两个手工做的晴天娃娃塞给他。

"谢谢你帮我介绍好地方，这个送给你，算是回礼，这是我亲手做的，可以祈求晴天的娃娃。"

叶菲菲看似大大咧咧，手工活却意外的精致，娃娃做得挺漂亮，脖子上还系着银色链子，链子下缀了颗小铃铛，随着她的拿动发出轻响。

不知出于什么原因，他鬼使神差地接了，将其中一个挂在了车上。

之后的事正如他们设计的那样，张燕铎跟关琥认识了，并且在自己的默许下堂而皇之地出入警局。

张燕铎跟关琥携手办了很多奇案，也几乎触及真相，但最终功亏一簧，绝对零度计划失败了，张燕铎也不知去向。

萧白夜回过神，不知何时，雨势变小了，外面的风景逐渐清晰起来，他站起来，看向窗外，晴天娃娃被碰到，传来丁铃丁铃的轻响，在无形中驱散了他心中的阴霾。

虽然计划失败了，但不管怎样，他们都距离真相更近了一步，结果固然令人遗憾，但只要坚持往前走，总会找出真相的——他始终相信张燕铎没有死，他只是出于某些原因暂时离开了而已，也许不用多久他就会再回来，跟自己联手，完成绝对零度的最终计划。

"明天会是晴天吧？"看着晴天娃娃，他自言自语道。

跟张燕铎初识时，张燕铎也曾问过雨会下多久，他的回复是早晚总会停，现在他同样也是这样想的。

"或许明天的明天，总会晴天的。"

（全文完）